KB206722

도련님

나쓰메 소세키 지음

경찬수 옮김

어문학사

차례

출향 — 005

부임 — 029

타향 — 049

숙직 — 069

낚시 — 091

징계회의 — 115

마돈나 — 145

빨강셔츠 — 175

송별회 — 199

패싸움 — 227

귀향 — 251

작가 연보 — 282

1

출향

앞뒤 못 재는 천성 탓에 어려서부터 손해만 보고 산다. 소학교 시절에 학교 2층에서 뛰어내려 일주일쯤 허리가 아팠던 적이 있다. 왜 그런 짓을 했느냐고 묻는 사람이 있을지 모르겠다. 특별한 이유는 없다. 신축 2층 교실에서 고개를 내밀고 있는데 동급생 하나가 아무리 그러고 있어 봤자 거기서 뛰어내리지는 못할 거라면서 "겁쟁이야-"하고 약 올렸기 때문이다. 학교 급사 등에 업혀 집에 왔는데 아버지가 눈을 부릅뜨고 고작 2층에서 뛰어내려 허리를 삐는 놈이 어디 있냐고 하길래 다음번엔 안 삐고 제대로 뛰겠다고 대답했다.

친척이 준 서양 나이프의 멋진 칼날을 햇빛에 비춰가며 동네 친구들에게 보여주고 있는데 한 녀석이 번쩍거리는 건 알겠는데 잘 안 들겠다고 했다. 안 들기는 뭐가 안 드느냐, 뭐든지 잘라 보겠다고 맞받았다. 그럼 손가락을 잘라보라고 주문하기에 손가락쯤은 누워 식은 죽 먹기라며 오른손 엄지 위에 칼날을 비스듬히 대고 쓱 집어넣었다. 다행히 칼이 작고 엄지손가락뼈가 단단했던 덕에 아직까지 손가락이 붙어 있다. 하지만 상처는 죽을 때까지 지워지지 않을 것이다.

마당에서 동쪽으로 스무 걸음쯤 가면 남쪽에 작은 텃밭이 나오는데 그 한가운데 밤나무가 하나 서 있다. 그것은 목숨보다 소중한 나무였다. 밤이 익을 무렵에는 아침에 눈을 뜨자마자 뒷문으로 나가 떨어진 녀석들을 주워 와 학교에 가서 먹었다. 텃밭 끝이 산성집(山城屋)이라는 전당포 마당으로 이어지는데, 그 전당포에 간타로라고 하는 열서너 살 먹은 아들이 있었다. 간타로는 말 할 것도 없이 겁쟁이다. 겁쟁이 주제에 밤을 훔치러 대나무 울타리를 넘어왔다. 한번은 저녁에 사립문 뒤에 숨어있다가 기어이 이 녀석을 붙잡았는데 도망칠 데가 없어진 간타로가 죽자 사자 덤벼들었다. 상대는 나보다 두 살 많았다. 겁쟁이가 힘은 셌다. 짱구머리를 내 가슴팍에 대고 씩씩대며 밀어붙이다 미끄러지는 바람에 머리통이 홀렁, 내 옷소매 속으로 들어왔다. 팔이 걸리적거리기에 마구 휘둘러댔더니 소매 속의 간타로의 머리통도 이리저리 돌아다녔다. 어지러웠던지 녀석이 나중에는 소매 속에서 내 팔뚝을 물어뜯었다. 나도 아프길래 녀석을 울타리에 밀어붙여놓고 발을 걸어 울타리 너머로 자빠뜨렸다. 전당포 마당은 우리 밭보다 한 길쯤 낮았다. 대울을 반쯤 부수고 자기 집 마당에 거꾸로 처박히면서 간타로가 끙 소리를 냈다. 간타로가 떨어질 때 내 옷소매 한쪽이 찢겨나가 손이 갑자기 편해졌다. 그날 밤에 전당포에 사과하러 간 어머니가 옷소매 한쪽도 찾아왔다.

이런 일 말고도 말썽이라면 꽤나 부렸다. 생선 가게의 가쿠 녀석과 목수 집 가네를 데리고 모사쿠네 당근밭을 쑥대밭으로 만든 적이 있다. 아직 싹이 올라오지 않는 밭에 지푸라기가 푹신하게 깔려 있길래 그 위에서 셋이 한나절 동안 스모를 했더니 당근 싹이 몽땅 뭉개졌다. 논바닥에 나 있는 물구멍을 메웠다가 후루카와네 집에서 따지러 온 적도 있다. 속을 뚫어 땅에 박아 놓은 대나무에서 물이 솟아나 주변 논에 물을 대는 장치였다. 그때는 물이 왜 나오는지 잘 몰라 궁금했다. 돌멩이와 막대기 쪼가리를 주워다 대나무마다 꾸역꾸역 쑤셔 넣어 물구멍이 막힌 것을 확인하고 집에 돌아와 밥을 먹고 있는데 후루카와네 아버지가 얼굴이 벌게져서 고래고래 소리 지르며 찾아왔다. 우리 집에서 돈을 물어준 것 같았다.

아버지는 나를 눈곱만큼도 예뻐하지 않았다. 어머니는 형만 싸고돌았다. 이 형이란 자는 재수 없이 살이 뽀앴는데 연극에 나오는 여자 흉내[1]를 잘 냈다. 아버지는 나만 보면 변변한 놈이 못 될 것이라고 했다. 어머니는 망나니도 이런 망나니가 없다며 앞날이 걱

---

1 원문은 女形(여자 역할을 하는 남자 배우)임. 당시의 배우는 모두 남자였음.

정이라고 했다. 그렇다. 나는 변변한 놈이 못 되었다. 보시다시피 이 모양이다. 앞날이 걱정되는 것도 무리가 아니다. 그저 징역까지는 안 가고 살고 있다.

어머니가 병에 걸려 세상을 떠나기 사흘 전에 부엌에서 공중제비를 돌다 부뚜막 모서리에 갈비뼈를 찧었다. 엄청 아팠다. 어머니가 몹시 화를 내며 너 같은 놈은 꼴도 보기 싫다고 하는 바람에 친척집에 가 있었다. 그러다 어머니가 세상을 떠났다는 소식이 왔다. 그렇게 빨리 돌아가실 줄 몰랐다. 그렇게 큰 병이었더라면 좀 더 얌전하게 굴 걸 그랬다. 집에 돌아오니 형이 나 때문에 어머니가 빨리 돌아가셨다며 나더러 불효자식이라고 했다. 분해서 형의 따귀를 갈겼다가 죽도록 혼났다.

어머니가 돌아가시고 나서는 아버지와 형과 셋이 살았다. 아버지는 아무것도 안 하는 사람인데 사람 얼굴만 보면 너는 틀렸다, 너는 틀렸어 하고 입버릇처럼 말했다. 뭐가 틀렸다는 것인지 지금도 모르겠다. 희한한 아버지가 다 있다. 형은 사업가가 된다나 어쩐다나 하며 매일 영어 공부를 했다. 원래 여자 같은 성격인데다 약삭빨라서 나와 사이가 좋지 않았다. 열흘에 한 번 꼴로 싸웠다. 한번은 장기를 두는데 비겁하게 갈 길을 미리 막아 놓았다가 남이 끙끙대니 좋다고 놀렸다. 너무 화가 나서 손에 쥐고 있던 장기 알을 형의 이마빼기에 집어 던졌다. 이마가 찢어져 피가 조금 나왔다. 형이 아버지한테 일렀다. 아버지가 나를 호적에서 지우겠다고 했다.

그때는 체념하고 그쪽에서 하자는 대로 의절 당할 셈이었는데, 10년 동안 함께 산 기요(淸)라는 식모가 울고불고 매달려 간신히 아버지 화가 풀렸다. 그래도 아버지가 무섭다는 생각은 안 들었다. 그보다 이 기요라는 식모가 딱했다. 이 식모네는 원래 유서 깊은 집안이었는데 세상이 바뀔 때[2] 몰락해서 지금은 식모살이를 하고 있다고 들었다. 기요는 할멈이다. 그런데 전생에 무슨 인연이 있었는지 이 할멈이 나를 끔찍이 예뻐했다. 모를 일이다. 어머니는 죽기 사흘 전에 정

---

2 도쿠가와 막부가 무너진 메이지 유신(1868년)을 일컬음.

을 다 떼었고, 아버지는 일년 내내 나를 감당 못하고, 동네 사람들은 싸움꾼 망나니라고 손사래 쳤다. 그런 나를 기요는 금이야 옥이야 챙겨 주었다. 결코 누가 좋아할 인간이 못 된다고 나도 나를 포기하고 있었으니 남이 나를 개똥 취급하는 것은 아무렇지도 않았다. 그러다 보니 이 할멈이 마냥 오냐오냐 해주는 것이 왠지 수상했다. 기요는 부엌에 누가 없을 때 "도련님은 올곧아서 좋으세요"라고 칭찬해 주곤 했다. 하지만 나는 그 말을 이해할 수 없었다. 내 성품이 그렇게 좋다면 기요뿐 아니라 다른 사람도 내게 좀 더 잘해줄 것 아닌가? 그래서 그런 칭찬을 들을 때마다 나는 기요에게 발림소리는 싫다고 했다. 그러면 할멈은 "그래서 좋은 성품이라는 거예요" 하고는 흐뭇하게 내 얼굴을 바라보았다. 자기 손으로 나를 제조해 놓고 뽐내는 것 같았다. 살짝 기분 나빴다.

　어머니가 세상을 떠나고 나서 기요는 나를 점점 더 예뻐했다. 가끔은 왜 그렇게 예뻐하는지 어린 마음에 수상했다. 짜증났다. 그만 했으면 싶었다. 불쌍해 보였다. 그래도 기요는 예뻐했다. 쌈짓돈으로 날밑 과자[3]나 꽃 과자[4]를 사 줄 때도 있었다. 남몰래 메밀가루를 사두었다가 추운 날 밤 같은 때 따끈하게 끓여 자고 있는 내 머리맡에 들고 왔다. 뚝배기 우동까지 사 주었다. 먹는 것만이 아니다. 양말도 주었다. 연필도 주고 공책도 주었다. 이건 한참 나중의 일인데, 돈을 3엔 빌려 준 적도 있었다. 내가 빌려 달라고 한 것이 아니다. 내 방에 돈을 들고 와서 "용돈 없어서 힘들지요? 쓰세요"하며 알아서 준 것이다. 물론 나는 필요 없다고 했지만 제발 쓰라고 하기에 빌려 두었다. 사실 속으로는 무지 좋았다. 그런데 그 3엔이 든 두꺼비지갑을 품속에 집어넣고 뒷간에 갔다가 똥통에 퐁 빠뜨리고 말았다. 별수 없이 어기적어기적 걸어 나와 실은 여차여차하다고 기요에게 말했더니 기요가 어디서 대나무 장대 하나를 들고 와서는 건져 주겠다고 했다. 조금 지나 우물가에서 좍좍 하는 소리가 나기에 가보

---

3 원문은 金鐔(팥소를 넣은 밀가루를 얇게 구운, 타원형 금색 과자)임.
4 원문은 紅梅焼(매화 모양으로 철판에 구워낸 밀가루 과자)임.

니 기요가 장대 끝에 걸려있는 두꺼비지갑에 물을 끼얹고 있었다. 지갑 주둥이를 열어 1엔짜리 지폐를 살펴보았는데 누렇게 변해서 무늬가 잘 안 보였다. 기요가 화롯불에 말리고서 이제 됐다며 내밀었다. 냄새를 한 번 맡아 보고 구리다고 했더니 그럼 바꿔 줄 테니 내놓으라고 했다. 그러고는 어디서 어떻게 둘러댔는지 종이 돈 대신 은화 세 닢을 들고 왔다. 그 3엔을 어디에 썼는지는 기억나지 않는다. 곧 갚겠다고 해놓고 갚지 않았다. 이제는 열 배로 갚아주고 싶어도 갚을 길이 없다.

기요가 무엇을 주는 것은 아버지나 형이 없을 때뿐이다. 나는 세상에서 무엇이 싫은가 하면, 숨어서 혼자만 득 보는 게 제일 싫다. 형과 사이가 좋지는 않아도 형 몰래 기요에게 과자나 색연필을 받고 싶지는 않다. 왜 나만 주고 형에게는 안 주느냐고 기요에게 물어 본 적이 있다. 기요는 말간 목소리로 "큰 도련님은 아버님께서 사 주시니 괜찮아요" 했다. 이건 불공평하다. 아버지가 완고하기는 해도 그렇게 한쪽 편만 드는 사람은 아니다. 하지만 기요 눈에는 그렇게 보이나 보다. 콩깍지가 씌어도 단단히 씌었다. 원래는 유서 깊은 집안의 사람이었다고 해도 배운 것이 없는 할멈이다 보니 별수 없다. 이게 다가 아니다. 역성이 꽂히면 무섭다. 기요는 내가 장래에 입신출세해서 큰 인물이 될 것이라고 철석같이 믿었다. 그러면서 열심히 공부를 하는 형은 살색만 뽀얗지 아무짝에도 쓸모가 없을 성 싶다고 혼자 정해 버렸다. 이런 할멈을 만나서는 당해낼 재간이 없다. 자기가 좋아하는 사람은 반드시 훌륭한 인물이 되고, 미워하는 사람은 반드시 망가질 걸로 믿었다. 나는 그때 딱히 뭐가 되겠다는 생각을 해본 적도 없었다. 그래도 기요가 자꾸 된다 된다 하니 그럼 뭐라도 되긴 될 것 같았다. 지금 생각하면 한심 천만이다. 한번은 내가 뭐가 될 것 같으냐고 물어 보았다. 그런데 기요도 따로 생각해 둔 것은 없었는지 그저 틀림없이 자가용 인력거를 마련하고 으리으리한 현관[5]이 있는 집에서 살 거라고만 말했다.

---

5 에도 시대의 서민은 집에 현관을 설치할 수 없었음.

그때부터 기요는 내가 집이라도 장만해 독립하면 함께 살 작정을 하고 있었다. 부디 거두어 달라는 말을 하고 또 했다. 나도 왠지 집을 가질 수 있을 듯한 기분이 들어 알았다, 거두어 주겠다고 대답만큼은 해 두었다. 그런데 이 할멈, 꽤나 상상력이 넘치는 여자다 보니 도련님은 어디가 좋으시냐, 고지마치냐 아자부[6]냐, 정원에는 그네를 매달아 타고 노시라, 서양식 방은 한 칸이면 충분하다는 등 혼자 세운 계획을 줄줄이 늘어놓았다. 그때는 집을 가진다는 생각 같은 건 한 번도 해 보지 않았다. 그럴 때마다 서양식이든 일본식이든 모두 쓸데없다, 그딴 거 필요 없다고 툴툴거리기 일쑤였다. 그러면 기요는 "도련님은 욕심이 없어서 마음이 깨끗한 거예요" 하고 또 칭찬한다. 기요는 내가 무슨 말을 해도 칭찬해주었다.

어머니가 돌아가신 후 오륙 년은 이렇게 살았다. 아버지에게는 야단 맞았다. 형과는 싸웠다. 기요에게는

---

6 麴町는 현재의 千代田区, 麻布는 현재의 港区. 두 곳 모두 고급 주택가.

과자를 얻어먹고 가끔 칭찬받았다. 더 바랄 것도 없었다. 그대로 충분했다. 다른 아이들도 모두 그러려니 했다. 다만 걸핏하면 기요가 도련님은 불쌍하다, 도련님은 불행하다고 하길래 그럼 불쌍하고 불행한가 보다 했다. 그것 말고는 힘든 일이 없었다. 하지만 아버지가 용돈을 주지 않는 데는 어떻게 해 볼 재간이 없었다.

어머니가 돌아가시고 여섯 번째 정월에 아버지도 뇌졸중으로 세상을 떠났다. 그 해 4월에 나는 어느 사립 중학교[7]를 졸업했다. 형은 6월에 상업학교[8]를 졸업했다. 형은 뭐라는 회사의 규슈 지점에 일자리가 생겨서 가야 한단다. 나는 도쿄에서 공부를 더 하고 싶었다. 형이 집을 팔고 재산을 정리해서 부임지로 떠나겠다고 했다. 마음대로 하라고 했다. 어차피 형에게 빌붙어 살 생각은 없었다. 데리고 살아봤자 싸우기만

---

7 1886년부터 1947년까지의 중학교는 12세 이상의 남자가 다니는 5년제였음.
8 중학교를 졸업한 자가 3년 이상 배우는 전문학교의 한 가지. 대부분이 현재 각 대학의 전신임.

할 테니 형도 할 말이 있을 거다. 어설피 얹혀산들 이런 형에게 고개를 숙여야 한다. 우유 배달을 해서라도 먹고 살 각오를 했다. 얼마 지나 형이 고물상을 불러와 선조 대대로 내려오던 잡동사니를 푼돈 받고 팔았다. 집과 땅은 누구의 알선으로 어느 갑부에게 넘어갔다. 이번에는 제법 큰돈이 들어왔나 보던데 자세한 것은 모른다. 집을 넘기기 한 달 전부터 나는 앞으로의 진로를 정할 때까지 간다(神田) 오가와마치에 하숙을 들었다. 기요는 십 년 넘게 살던 집이 남의 손에 넘어가 무척 속상해 했지만 자기 것이 아니니 별수 없다. 내가 좀 더 컸더라면 집을 상속 받았을 것[9]이라고 몇 번이나 푸념했다. 몇 살 더 먹어 상속 받을 것 같으면 지금이라도 상속이 되지 않을 리 없다. 할멈은 아무것도 모르니까 나이만 더 먹으면 형 집이 내 집이 되는 줄 안다.

형과 나는 그렇게 갈라졌는데 문제는 기요의 거처

---

9 당시 민법은 남자, 적출자, 연장자가 재산을 상속 받도록 되어있었음.

였다. 물론 형은 데려갈 처지가 못 되는 데다, 기요도 형 꽁무니에 붙어 규슈 촌구석까지 따라갈 생각은 손톱만큼도 없었다. 그런데 그때의 나는 싸구려 하숙집의 두 평 남짓한 다다미 방에 틀어박혀 지냈는데 그 방마저도 여차하면 비워줘야 할 처지였다. 이도 저도 안되었다. 기요에게 물어보았다. 어디 남의 집에라도 들어갈 셈이냐고 물었더니 도련님이 집을 장만하고 아씨를 얻을 때까지는 할 수 없이 조카 신세를 져야겠다고 어렵사리 대답했다. 재판소 서기인 그 조카가 당장은 먹고 살 만한 형편이라서 올 테면 오라고 지금까지 기요에게 두어 번 권했는데, 기요는 비록 식모살이라도 살던 집이 편하다며 가지 않았다. 하지만 이제는 낯선 집에 들어가 눈치 보며 남의집살이를 새로 시작하느니 조카 집에 더부살이하는 것이 낫겠다고 마음을 정한 모양이었다. 그러면서도 어서 집을 장만하라는 둥, 색시를 얻으라는 둥, 와서 살림을 해주겠다는 둥 요구가 많았다. 피붙이 조카보다 타인인 내가 더 좋은가 보다.

규슈로 떠나기 이틀 전에 형이 하숙집에 찾아와 6백엔을 내놓으며 이걸 밑천으로 장사를 하건 학자금으로 써서 공부를 하건 마음대로 해라, 대신 나중 일은 모른다고 했다. 형치고는 신통한 짓을 했다. 그까짓 6백엔쯤이야 받지 않아도 그만이겠지만 지금까지 보지 못한 깔끔한 처사가 맘에 들어 고맙다 하고 받아두었다. 형이 50엔을 더 꺼내 기요에게 전해달라고 하기에 두말 않고 받았다. 이틀 지나 신바시(新橋)역에서 헤어지고 나서는 아직껏 형을 만난 적이 없다.

나는 이불 속에 누워 6백엔을 어떻게 쓸지 생각해보았다. 장사를 하자니 귀찮아서 제대로 못할 것 같고, 또 밑천 6백엔 가지고는 장사다운 장사도 못 벌인다. 만약 벌인다고 쳐도 그래서는 남들 앞에 나서서 배웠다고 자랑도 못하니 결국 손해다. 밑천 같은 소리 집어치우고 이걸 학비로 해서 공부를 하자. 6백엔을 셋으로 나누어 1년에 2백엔씩 쓰면 3년은 공부할 수 있다. 3년 동안 열심히 하면 어떻게든 되겠지. 그러고 나서 어느 학교에 들어갈지도 생각해보았는데 학문은 원래 그 놈이 그 놈, 다 재미없다. 더구나 어학이나 문학 같은 것은 딱 질색이다[10]. 하물며 신체시[11] 같은 것은 스무 줄 가운데 한 줄도 모르겠다. 어차피 다 싫을 바에야 뭘 해도 마찬가지였을 텐데 마침 물리전문학교[12] 앞을 지나가다 학생 모집 광고가 나붙었길래 이것도 인연이라 생각하고 지원서를 받아 그 자리에서 입학 등록을 해버렸다. 지금 생각하면 이것도 앞뒤 못 재는 천성에서 비롯된 실수다.

3년간 그럭저럭 남들만큼 했는데도 공부는 별반 내 취향이 아니라서 성적은 늘 뒤에서부터 세는 게 빨랐다. 그런데 놀랍게도 3년이 지나자 덜컥 졸업장이 나와버렸다. 내가 생각해도 이상했지만 불평할 일은 아니라서 얌전히 졸업해 두었다. 졸업하고 여드레째에 교장이 부른다기에 무슨 일인가 하고 갔더니 시코쿠

---

10 본 작품이 발표된 시기(1906년)에 작자는 도쿄제국대학에서 영어·영문학을 가르치고 있었음.
11 新體詩: 메이지 시대에 서양시의 영향을 받아 생겨난 새로운 형태의 시.
12 현재의 도쿄이과대학의 전신. 중학교 교사를 양성하는 학교로 졸업하기 어려운 학교로 유명했음.

(四国)의 어느 중학교[13]에서 수학 교사를 구하는데 월급은 40엔이라며 가겠느냐고 물었다. 사실 나는 3년간 공부를 하기는 했지만 교사가 된다거나 시골로 내려간다거나 하는 생각은 해보지도 않았다. 하지만 교사 이외에 무엇을 하겠다는 마땅한 목표도 없었기 때문에 즉석에서 가겠노라고 대답해 버렸다. 이것도 앞뒤 못 재는 천성이 도져서 저지른 일이다.

가겠다고 한 이상 가야 한다. 지난 3년간은 두 평짜리 골방에 틀어박혀 잔소리 한 번 들은 적 없다. 싸울 일도 없었다. 내 생애 가운데 비교적 태평한 시절이었다. 하지만 이제 방을 떠나야 한다. 내 생전에 도쿄를 벗어난 것은 동급생과 함께 가마쿠라에 소풍 갔을 때뿐이다. 이번엔 가마쿠라 정도가 아니다. 아득히 먼 곳으로 가야 한다. 지도를 펼쳐보니 바닷가에 붙어 있는 곳인데 바늘 끝만큼 작아 보였다. 어차피 별 볼일 없는 곳이겠지. 어떤 동네고, 어떤 사람이 사는지

---

13 작가는 1895년에 시코쿠 松山市에 있는 尋常中学校(松山中学校)에 영어교사로 부임하였음.

모르겠다. 모르면 어때, 걱정은 안 한다. 그냥 가는 거다. 조금 귀찮을 뿐이지……

집을 정리하고 나서도 가끔 기요를 찾아갔다. 조카란 자는 의외로 괜찮은 사람이었다. 내가 갈 때마다 집에 있기만 하면 여러모로 챙겨 주었다. 기요는 나를 앞에 세워놓고 조카에게 이것저것 내 자랑을 했다. 이제 곧 학교를 졸업하면 고지마치에 집을 사고 관청에 다닐 거라고 허풍을 치기도 했다. 혼자 정해 놓고 혼자 떠들어 버리니 나는 무안해서 얼굴이 달아올랐다. 그것도 한두 번이 아니다. 어려서 이불에 오줌 쌌던 일까지 들추는 데는 할 말이 없었다. 조카는 무슨 생각을 하며 기요의 자랑을 듣고 있는지 모르겠다. 아무튼 기요는 옛날 여자라 자기와 나의 관계를 봉건시대의 주인과 종처럼 여기고 있었다. 자기에게 주인이니 조카에게도 주인이 되는 걸로 생각한 모양이다. 조카만 애먼 꼴 났다.

이윽고 날짜가 잡혀 길을 나서기 사흘 전에 기요를 찾아갔더니 두 평도 안 되는 북향 골방에 감기에 걸려 누워 있었다. 내가 온 것을 보더니 일어나 앉기 무섭게 언제 집을 장만할 거냐고 물었다. 할멈은 학교만 졸업하면 저절로 돈이 주머니에서 솟아나는 줄 안다. 그렇게 대단한 인물을 앉혀 놓고 아직도 도련님이라고 부르다니 할멈도 이제 한물갔다. 내가 당분간은 집 장만 안 한다, 시골로 내려간다고 한마디 했더니 크게 실망했는지 희끗희끗하게 흩어진 귀밑머리만 연신 매만졌다. 너무 안쓰러워 가기는 가지만 곧 돌아온다, 내년 여름방학에는 꼭 오겠다고 달래 주었다. 그래도 석연치 않은 표정을 짓기에 말을 붙였다.

"선물로 뭘 사올까, 뭐가 좋아?"

"에치고 찹쌀엿[14]이 먹고 싶어요."

에치고 찹쌀엿은 처음 들어본다. 우선 방향이 다르다.

"내가 가는 시골에는 에치고 찹쌀엿이 없을 것 같은데."

"그럼 어느 쪽으로 가시는데요?"

"서쪽이야."

---

14 원문은 越後(지금의 上越市)의 笹飴(조릿대 잎으로 싼 찹쌀엿)임.

"그럼 하코네(箱根) 지나선가요? 못 가 선가요?"

도대체 말이 안 통했다.

내가 떠나는 날에는 아침부터 와서 이것저것 거들 었다. 오는 길에 가게에서 사온 칫솔과 치약과 수건을 가방에 넣어주었다. 필요 없다고 해도 소용없었다. 인력거가 역 앞에 멈추었다. 플랫폼에서 기차에 올라타 는 내 얼굴을 물끄러미 쳐다보며 기요가 힘없이 말했 다. "도련님, 이제 못 뵐지도 몰라요. 부디 몸조심 하 셔요." 눈가에 눈물이 가득 고여 있었다. 나는 울지 않았다. 하지만 하마터면 울 뻔했다. 기차가 움직이고 한참 지나 이제 됐으려니 하고 창밖으로 고개를 내밀 어 뒤를 보았는데 아직도 서 있었다. 왠지 너무 작아 보였다.

2

부임

"뿌웅" 하고 증기선이 멈추자 거룻배 한 척이 부두를 떠나 노를 저어 왔다. 사공은 옷을 다 벗고 빨간 훈도시[15]만 차고 있다. 야만스런 곳이다. 하긴 이렇게 더우니 옷은 못 입겠다. 햇살이 세서 바다가 무척 반짝거렸다. 보고 있으려니 눈이 어질어질했다. 승무원에게 물었더니 나는 여기서 내려야 한단다. 크기로는 오오모리쯤 되어 보이는 어촌이다. '사람을 뭘로 보는 거야, 이런 데서 어떻게 살란 말이지?' 하는 생각도 들었지만 이제는 다른 도리가 없다. 위세 좋게 일착으로 뛰어내렸다. 내 뒤로 대여섯 명은 내린 것 같았다.

15 남자의 국부를 가리는 폭이 좁고 긴 천.

사람 말고도 커다란 짐짝 네 개를 싣고 빨간 훈도시가 노를 저어 부두로 들어왔다. 거룻배가 뭍에 닿았을 때도 일착으로 뛰어올라 그곳에 서 있던 코흘리개 꼬마를 붙잡고 대뜸 중학교가 어디냐고 물었다. 맹하게 생긴 꼬마가 말했다. "몰라유." 미련한 촌놈 같으니라구, 손바닥만한 촌구석에서 중학교를 모르는 놈이 어디 있나. 그때 우스꽝스럽게 생긴 통소매 옷을 입은 남자가 와서 자기를 따라오라고 하기에 따라갔더니 항구집(港屋)인가 하는 여관으로 데려갔다. 여자들이 일제히 소리를 맞추어 간드러지는 목소리로 "어서 오세요오" 하니 들어가기 싫어졌다. 문간에 서서 중학교 있는 곳을 대라고 했더니 중학교는 기차로 20리를 더 가야 한단다. 들어가기 더 싫어졌다. 나는 통소매를 입은 남자에게서 내 가방 두 개를 낚아채 어슬렁어슬렁 자리를 떴다. 여관 사람들이 '왜 안 들어오지?' 하는 표정을 지었다.

역은 금세 찾았다. 표 사는 것도 별거 아니었다. 올라타서 보니 기차랍시고 성냥갑만 했다. 한 5분쯤 달

가당거리나 했더니 벌써 내려야 한단다. 어쩐지 표가
쌌다. 단돈 3전이었다. 인력거를 타고 중학교에 갔더
니 이미 학교가 파해서 아무도 없었다. 숙직 선생은
일이 있어서 출타했다고 급사가 알려줬다. 속 편한 숙
직도 다 있다. 교장이라도 찾아가볼까 하다가 몸이 천
근만근이라 인력거를 잡아타고 아무 데나 여관으로
가자고 일렀다. 인력거꾼이 힘차게 달려 산성집이라
는 여관 앞에 세웠다. 여관 이름이 간타로네 전당포와
똑같아서 재미있었다.

　왜 그런지 여관 사람이 2층으로 올라가는 계단 아
래의 어둑한 방으로 나를 안내했다. 더워서 쪄 죽게
생겼다. 이런 방은 싫다고 했더니 빈방이 없어서 그
런다며 가방을 던져 놓고 가버렸다. 어쩔 수 없이 방
에 들어가 땀을 뻘뻘 흘리고 앉아있었다. 한참 지나
목욕을 하라고 하기에 풍덩 뛰어들었다가 얼른 나왔
다. 내 방으로 돌아오는 길에 이곳저곳 들여다보니 바
람이 잘 통하게 생긴 방들이 텅텅 비어있었다. 괘씸
한 놈, 거짓말 했구나! 일하는 여자가 밥상을 들고 들어왔다. 방은 더웠지만 밥은 하숙집보다 한결 맛있었다. 옆에서 시중을 들면서 여자가 어디서 왔느냐고 묻기에 도쿄에서 왔다고 했다. 그랬더니 도쿄는 좋은 곳이냐고 또 묻길래 두말하면 잔소리라고 해줬다. 물린 밥상을 들고 여자가 부엌에 들어간 다음에 큰 웃음소리가 들렸다. 꼴같잖아서 곧바로 잠자리에 누었는데 통 잠이 오지 않는다. 더워서만이 아니다. 소란스럽다. 하숙집의 다섯 배는 어수선하다. 깜빡 잠들었다가 기요 꿈을 꾸었다. 기요가 찹쌀엿을 먹고 있는데 엿을 감싼 대나무 잎사귀까지 게걸스럽게 먹고 있었다. 댓잎에 독이 있으니 먹지 말라고 해도 "아니에요, 이건 약이에요" 하면서 맛있게 먹고 있다. 어이가 없어서 입을 쩍 벌리고 하하하하 하고 웃다가 눈을 뜨니 어느덧 아침이었다. 일하는 여자가 덧문을 걷고 있었다. 오늘도 구름 한 점 없는 하늘이다.

여관 같은 곳에 묵을 때는 웃돈을 주는 법이라고 들었다. 돈을 주지 않으면 푸대접 받는다고 들었다. 이제 보니 나를 이렇게 좁고 컴컴한 방에 밀어 넣은 것도 웃돈을 주지 않은 탓인가 보다. 초라한 행색에 천 가방과 싸구려 우산을 들고 있기 때문인가 보다. 요것 봐라, 촌놈들 주제에 사람을 깔봤겠다? 웃돈을 듬뿍 집어줘서 놀래줘야지. 이래 봬도 나는 학비에서 남은 돈 30엔을 들고 도쿄를 나선 몸이다. 기차 타고 배 타고 이것저것 쓰고도 아직 14엔 얼마가 남았다. 이제부턴 월급을 받으니 남은 돈을 다 줘 버려도 괜찮겠지만 촌놈들은 지질하니 5엔쯤 집어주면 놀라서 입이 쩍 벌어질 것이다. 어디 두고 보라지. 세수를 하고 나서 방에 돌아와 기다리고 있으려니 어제 저녁에 왔던 여자가 또 밥상을 들고 왔다. 쟁반을 만지작거리고 옆에서 시중들면서 재수 없게 히죽거렸다. 버르장머리 없기는, 내 얼굴에 마쓰리 행렬이 지나가는 것도 아닐 테고……그래도 네 낯짝보다는 훨씬 낫다. 상을 물리고 나서 웃돈을 줄까 했는데 화딱지가 나서 밥 먹다 말고 5엔짜리 지폐 한 장을 꺼내 나중에 계산대에 갖다 주라고 했더니 여자가 믿기지 않다는 표정으로 돈을 받았다. 밥을 먹고 나서 곧바로 학교에 갔다. 이놈의 여관은 구두 닦아놓을 줄도 모른다.

어제 인력거로 가봐서 학교 위치는 대략 알고 있었다. 네거리를 두어 번 꺾어 돌자 곧바로 정문이 나왔다. 정문에서 현관까지는 번들거리는 화강암이 깔려 있었다. 어제 인력거를 타고 여기를 지나갈 때는 덜컹거리는 소리가 너무 크게 나서 뻘쭘했다. 도중에 교복 입은 학생을 많이 만났는데 전부 이 문으로 들어온다. 개중에는 나보다 키가 크고 힘이 세 보이는 녀석이 있었다. 이런 녀석들을 가르쳐야 한다는 생각을 하니 은근히 찜찜했다. 명함을 보여주었더니 나를 교장실로 안내했다. 교장 선생님이란 사람은 수염도 별로 없고 가무잡잡하면서 눈이 큰 것이 꼭 너구리처럼 생겼다. 꽤나 점잔을 빼는 사람이었다. 교장 선생님이 "자, 열심히 해주시오" 하며 큼직한 도장이 찍힌 임명장을 내게 정중히 건네주었다. 이 임명장은 나중에 도쿄로 돌아갈 때 둘둘 말아 바다에 던져 버렸다. 교장 선생님이 곧 교직원들에게 소개시켜 줄 테니 그때마다 이 임명장을 보여주라고 했다. 쓸데없이 고생을 사서 한다. 번거롭게 그러지 말고 임명장을 교무실에 사흘쯤 붙여 두었으면 좋겠다.

교직원이 교무실에 모이려면 1교시 수업 종료를 알리는 나팔이 울려야 한다. 아직 시간이 많이 남아 있다. 교장 선생님이 시계를 꺼내 보더니 조만간 차근차근 말하겠지만 우선 대강은 알아 두라며 그때부터 교육 정신에 대해 기나긴 설교를 시작했다. 물론 나야 건성으로 흘려 들었지만 가만히 듣자 하니 아무래도 잘못 온 것 같았다. 교장 선생님 말대로는 도저히 못할 것 같았다. 나 같은 좌충우돌을 데려다 놓고 학생의 모범이 되라느니, 학교의 사표가 되어야 한다느니, 학문 외에도 인간적으로 두루 덕을 쌓지 않으면 교육자가 될 수 없다느니 등등의 터무니없는 주문을 늘어놓았다. 그렇게 훌륭한 사람 같으면 뭐 하러 월급 40엔에 이런 촌구석에 오겠는가? 인간, 다 거기에서 거기다. 화가 나면 누구나 쌈박질이라도 한 번씩 해가며 사는 줄 알았는데 이래서는 말도 제대로 못하고 산책도 마음 편히 못 다니게 생겼다. 이렇게 힘든 직분이라면 여차여차한 직업이라고 채용하기 전에 미리 내게 알려줬어야 한다. 나는 거짓말을 싫어하는 사람이라서 '안 되겠습니다, 제가 속아서 잘못 온 것 같습니다'라고 화끈하게 지금 이 자리에서 거절하고 돌아가 버릴까 했다. 여관에 5엔 줬으니 지갑에는 9엔 하고 얼마밖에 남아 있지 않다. 9엔 가지고는 도쿄까지 가지 못한다. 여관에 웃돈을 주지 말 걸 그랬다. 괜한 짓을 했다. 하지만 9엔으로도 어떻게 안될 것은 없다. 여비가 모자랄지라도 거짓말 하는 것보다는 낫겠다 싶어 솔직히 말했다. "말씀하신 대로는 도저히 다 못하겠습니다. 이 임명장은 반납하겠습니다."

그랬더니 교장이 너구리 같은 눈을 깜박거리며 내 얼굴을 들여다보았다. 그러다가 "방금 한 말은 그저 희망 사항일세. 내 희망대로 선생이 다 할 수 없다는 건 잘 알고 있으니 너무 걱정하지 말게" 하고 웃었다. 그렇게 잘 알고 있으면 애초에 겁을 주지 말 것이지.

그러는 사이에 나팔이 울렸다. 교실 쪽이 갑자기 시끌시끌해졌다. 이제 교직원이 다 모였을 거라는 교장의 뒤를 따라 교무실에 들어갔다. 넓고 기다란 방에 놓인 책상 앞에 모두 앉아 있었다. 내가 들어가자 약속이나 한 듯 일제히 내 얼굴을 쳐다보았다. 이거 원, 무슨 구경거리도 아니고……. 교장이 일러준 대로 한 사람씩 앞으로 가서 임명장을 보여주고 인사했다. 대개는 의자에서 일어나 허리를 숙이는 정도였지만 꼼꼼한 사람은 내가 내민 임명장을 받아 들고 한차례 읽어보고 나서 정중하게 돌려주었다. 마치 동네 촌극[16]을 보는 것 같았다. 똑같은 짓을 몇 번이나 하고 나서 열다섯 번째로 체육 선생 차례가 왔을 때는 슬슬 짜증이 났다. 상대는 한 번으로 끝이지만 나는 같은 동작을 열다섯 번 했다. 조금은 남의 처지도 헤아려 주어야 하지 않겠는가?

인사를 나눈 사람 중에 아무개라는 교감이 있었다. 이 사람은 문학사[17]란다. 문학사라면 대학을 졸업했으

16 원문은 宮芝居(에도 시대에 절이나 신사의 간이 공연장에서 하던 연극)임.
17 당시 일본에서 문학사 학위를 수여하는 곳은 도쿄제국대학 문과대학뿐이었음.

니 훌륭한 사람이겠다. 그런데 이 사람은 기분 나쁘게 여자 같은 간드러진 목소리를 냈다. 게다가 놀랍게도 이렇게 더운 날에 플란넬 셔츠를 입고 있다. 천이 다소 얇기는 하겠지만 아무래도 더울 것이다. 문학사님이라 고생스런 복장도 하셨다. 그것도 빨간색이라니, 사람을 놀리는 것도 아니고······. 나중에 들은 이야기로는 이 교감은 1년 내내 빨간 셔츠를 입는단다. 몹쓸 병도 다 있다. 당사자 설명으로는 빨강이 몸에 약이 되기 때문에 위생상 일부러 빨간 옷을 재단해서 입는다는데, 정말 걱정도 팔자다. 그럴 바엔 윗도리[18]나 하카마[19]나 전부 빨갛게 칠하고 다니라지[20]. 교감 옆에는 고가라고 하는 얼굴색이 지극히 나쁜 남자 영어 교사가 서 있었다. 대개 얼굴이 창백한 사람은 호리호리하기 마련인데 이 사람은 얼굴이 창백하고 넓죽했다. 옛날에 소학교에 다닐 때 같은 반에 아사이 다미라는 아

18 원문은 着物(일본 옷)임.
19 袴: 넉넉하게 주름 잡힌 바지나 치마 형태의 아래옷.
20 붉은색이 병 치료에 효험이 있다고 하여 에도 시대에는 환자와 간병하는 사람의 옷, 침구 등이 붉었음.

이가 있었는데 걔네 아버지 얼굴이 이랬다. 아사이네가 농사꾼이다 보니 농사꾼이면 얼굴이 그렇게 되는 거냐고 기요에게 물어보았더니 "그렇지 않아요, 그 사람은 끝물 호박만 먹고 살아서 허옇게 퉁퉁 불은 거예요" 하고 알려주었다. 그날 이후로 나는 얼굴이 희멀겋고 넓죽한 사람을 볼 때마다 끝물 호박을 먹어서 그런 줄 알았다. 이 영어 교사도 보나마나 끝물 호박만 먹고 살았을 것이다. 하지만 나는 끝물이 무슨 뜻인지 아직도 모른다. 기요에게 물어본 적이 있는데 기요는 빙그레 웃기만 하고 대답하지 않았다. 아마 기요도 잘 모를 것이다. 그리고 나와 같은 과목의 수학 선생 가운데 홋타라는 사람이 있었다. 이 사람은 체격이 다부지고 머리가 밤송이여서 영락없이 히에이잔 산에 사는 흉포한 중[21]처럼 생겼다. 사람이 공손하게 내미는 임명장은 거들떠보지도 않고 "어, 네가 신임이야? 한번 놀러 와. 아하하하" 했다. 아하하하는 무슨 아하하하, 이렇게 예의를 모르는 놈 집에 누가 놀러

---

21 교토 比叡山의 延曆寺에 소속되어 세력을 떨치던 승병을 빗댄 말.

갈 쏘냐. 나는 그때부터 이 작자를 멧돼지[22]라고 부르기로 했다. 한문 선생은 역시나 방정하다. 작일 오셔서, 많이 힘드실 텐데, 거기에 수업도 처음이시고, 대단히 열성적이시고 등등 구구절절 말씀을 늘어놓는 것을 보니 살가운 노인네 같았다. 미술 선생은 완전히 예술가 풍이었다. 하늘거리는 비단 하오리[23]를 걸쳐 입고 부채를 착착 접었다 폈다 하며 "고향이 어디셔~, 어라, 도쿄? 이야 반가워라, 동향이 생겼네. 나도 이래 봬도 도쿄 토박이요"라고 했다. 이런 인간이 도쿄 토박이라면 나는 도쿄에서 태어나지 말 걸 그랬다. 이밖에도 한 사람 한 사람 만난 이야기를 글로 쓰려면 얼마든지 쓸 수 있다. 하지만 그러자면 끝이 없을 테니 이쯤에서 생략하련다.

한차례 인사를 마치자 교장이 오늘은 그만 들어가도 된다, 수업에 관한 일은 수학 주임과 상의하고 모레부터 수업을 시작해 달라고 했다. 수학 주임이 누

---

22 원문은 山嵐(호저)임.
23 羽織: 짧은 두루마기 모양의 겉옷.

구냐고 물어보니 바로 그 멧돼지였다. 이런, 이런. 이 녀석 밑에서 일하는 거야? 아이구 망했다! 멧돼지는 "이봐, 자네 어디에 묵고 있나, 산성집? 알았어, 내가 이따 가서 이야기하지" 하는 말을 남기고 백묵을 들고 교실로 가버렸다. 주임이 제 발로 나를 찾아와 상의하겠다는 것을 보면 사리 분별을 제대로 못하는 사람 같았다. 그래도 불러들이는 것보다는 기특했다.

학교 정문을 나와 숙소로 바로 갈까 하다가 숙소에 돌아가도 할 일이 없을 것 같아 동네라도 한 바퀴 돌아주려고 발길이 가는 대로 이곳저곳 다녔다. 현청도 보았다. 구닥다리 19세기 건물이었다. 군부대[24]도 보았다. 도쿄 아자부에 있는 연대[25]만 못했다. 시내 대로에도 가보았다. 도쿄 가구라자카[26]를 반으로 줄여놓은 듯한데다 번화하기도 그만 못하다. 25만석 땅을 다스리던 성읍이라더니 별것 아니었다. 이런 데 살면서 성

---

24 松山城 안에 주둔해 있던 제22연대.
25 1888-1941년까지 도쿄 麻布에 주둔했던 제1사단 3연대.
26 神楽坂: 도쿄 신주쿠 일부의 지명. 무사들의 저택과 절, 신사가 많았던 곳이 메이지 유신 이후 점차 번화해졌음.

읍 운운하고 거들먹거리는 인간들이 불쌍하다는 생각을 하며 걷다 보니 어느새 산성집 여관에 다다랐다. 넓어 보이면서도 좁은 곳이다. 볼만한 곳은 대충 다 본 것 같아서 들어가 밥이라도 먹으려고 여관 문으로 들어섰다. 계산대에 앉아있던 여주인이 나를 보더니 후다닥 뛰쳐나와 "다녀오셨⋯⋯"하며 마루바닥에 이마를 조아렸다. 신발을 벗고 올라서자 큰방이 비었다며 일하는 여자가 나를 2층으로 안내했다. 건물 정면 2층의 다다미 열다섯 장짜리 방에는 널찍한 도코노마[27]가 딸려있었다. 나는 세상에 태어나 지금까지 이렇게 멋진 방에 들어와 본 적은 한 번도 없었다. 다음에 언제 또 와볼지 몰라 양복을 벗고 유카타[28] 하나만 걸치고 방 한가운데에 큰대자로 누워보았다. 아, 기분 좋다.

점심을 먹고 나서 기요에게 편지를 썼다. 나는 글재주가 없는데다 한자를 잘 모르니 편지 쓰기가 정말 싫

---

27 床の間: 다다미방 한쪽에 족자, 꽃, 도자기 등으로 장식하도록 꾸며 놓은 곳.
28 浴衣: 여름이나 목욕 후에 입는 두루마기 모양의 무명 홑옷.

다. 또 보낼 곳도 없다. 하지만 기요가 걱정하고 있을 것이다. 배가 가라앉아 죽은 줄 알면 안 되니 큰맘 먹고 길게 써 주었다. 내용은 이렇다.

어제 도착했어. 깡촌이야. 다다미 열다섯 장짜리 여관방에 누워있어. 웃돈을 5엔 줬거든. 주인 여자가 머리를 방바닥에 찧더라. 어제는 잘 못 잤어. 기요가 엿을 잎사귀까지 통째로 먹는 꿈을 꾸었어. 내년 여름에 갈게. 오늘 학교에 가서 전부 별명을 붙여 줬어. 교장은 너구리, 교감은 빨강셔츠, 영어 선생은 끝물, 수학은 멧돼지, 미술은 알랑쇠[29]야. 또 이것저것 써서 보낼게. 안녕.

편지를 다 쓰니 개운해서 잠이 오길래 아까처럼 방 한가운데에 큰대자로 누웠다. 이번에는 꿈도 안 꾸고 푹 잠들었다. "이 방인가?" 하는 큰 소리가 들려 눈

---

29 원문은 野太鼓(전문 예능이 없이 술자리에서 흥을 돋구는 일을 하는 남자 기생(幇間)을 얕잡아 부르는 호칭)임.

을 뜨니 멧돼지가 들어왔다. "아까는 미안, 자네가 맡을 반은 말이야……"하며 잠자다 일어난 사람을 앉혀 놓고 다짜고짜 담판 짓자고 덤비는데 정신이 없었다. 담임이 해야 할 일을 듣고 보니 그다지 어려울 것도 없어 보여서 맡기로 했다. 이 정도라면 모레 말고 당장 내일부터 하라고 해도 겁 안 나겠다. 수업 이야기가 끝나자 "자네 언제까지 여기에 계속 있을 순 없어. 내가 좋은 하숙집을 찾아 줄 테니 옮겨. 다른 사람은 어림도 없지만 내가 이야기하면 바로 들어갈 수 있어. 빠를수록 좋으니 오늘 가서 보고, 내일 짐 옮기고, 모레부터 학교에 나오면 딱 맞겠네" 해가며 혼자 일사천리로 북치고 장구도 쳤다. 하긴 이런 방에 언제까지 살 수는 없는 노릇이다. 월급을 전부 여관비로 써도 모자랄 판이다. 가외로 5엔이나 더 썼으니 바로 나가기 아까웠지만 어차피 나갈 것이라면 빨리 이사해서 자리 잡는 편이 나을 것 같아 하숙집 구하는 문제는 멧돼지에게 맡기기로 했다. 멧돼지가 일단 가보자고 하기에 따라 나섰다. 그가 말한 하숙집은 동네 변

두리의 언덕 중턱에 있는 집이어서 무척 한적했다. 하숙집주인은 골동품 장사를 하는 이카긴이라는 남자인데 부인이 남편보다 네 살 더 먹었다고 한다. 중학교에 다닐 때 Witch라는 단어를 배운 적이 있는데 이 집 부인이 정말 Witch처럼 생겼다. 하지만 Witch든 뭐든 남의 마누라니까 나랑은 상관없다. 짐은 다음 날 옮기기로 했다. 돌아오는 길에 멧돼지가 시내에서 빙수를 사주었다. 학교에서 처음 인사할 때에는 오만 방자한 줄 알았는데 이렇게 여러모로 챙겨주는 걸 보니 나쁜 사람은 아닌 것 같았다. 다만 나처럼 까칠하고 벌컥 화를 내는 사람 같았다. 나중에 들은 이야기로는 선생들 가운데 이 수학 주임이 학생들 사이에서 가장 인망이 높다고 한다.

3
타향

드디어 출근했다. 교실에 들어가 처음으로 높은 교단에 올라서니 어색했다. 수업을 하면서도 내가 선생노릇을 제대로 할 수 있을지 걱정되었다. 학생들은 말이 많았다. 수업 중에 뜬금없이 큰 소리로 "선생니임"하고 소리치기도 했다. 선생님 소리에는 가슴이 철렁내려앉았다. 며칠 전까지만 해도 물리학교에서 선생님 소리를 입에 달고 살았는데, 선생님이라고 부르는것과 선생님 소리를 듣는 것은 하늘과 땅만큼 달랐다.왠지 발바닥이 간질간질했다. 나는 비겁한 인간이 아니다, 겁쟁이도 아니다, 그러나 애석하게도 담력이 조금 약하다. 누가 "선생니임" 하고 부르면 배고플 때

왕궁 한쪽[30]에서 울리는 "뻐엉" 하는 오포[31] 소리를 듣는 것 같았다. 첫째 시간은 그럭저럭 마쳤다. 다행히 어려운 질문도 나오지 않았다. 교무실에 돌아오니 멧돼지가 어땠냐고 물었다. "응" 하고 한마디만 했더니 멧돼지가 안심하는 것 같았다.

둘째 시간에 분필을 들고 교무실을 나설 때는 어디 적지에라도 들어가는 기분이 들었다. 교실에 들어가서 보니 이번에는 아까 반보다 큰 녀석들뿐이다. 내가 도쿄 토박이라서 곱상하고 작달막하다 보니 교단 위에 올라섰는데도 조금 달리는 기분이었다. 싸움이라면 스모선수와도 붙어보겠지만 이렇게 덩치가 큰 빡빡머리들을 마흔 명이나 앉혀 놓고 세치 혓바닥 하나로 얌전하게 만들 재주는 없다. 하지만 이런 시골뜨기들에게 약점을 보였다간 버릇 들지 몰라 가급적 큰 소리로 혀를 살살 굴려가며 수업을 했다. 처음 한동안은 학생들이 정신 못 차리고 멍해 있길래 얼씨구나 하

---

30 원문은 丸の内(일왕의 거처인 皇居 동쪽에 부대 연병장이 있던 곳)임.
31 午砲: 정오를 알리기 위해 대포로 공포를 쏘는 것.

고 점점 기세가 올라 도쿄 말씨를 마구 날리고 있는데 맨 앞줄 한가운데 있던 제일 힘세 보이는 녀석이 벌떡 일어나며 "선생니임!" 하고 불렀다. 속으로 '드디어, 올 것이 왔구나' 하며 뭐냐고 물었다. "너무 빨라서 모르것슈, 좀 천천히 혀주쇼, 시방." 혀주쇼, 시방? 혀주쇼 시방이라니, 이 무슨 뜨뜻미지근한 소리인가. "너무 빠르다면 천천히 설명해 줄 수는 있지만, 내가 도쿄 토박이라 너희들이 하는 말은 내가 못한다. 알아듣지 못하겠거든 알아들을 때까지 들어라"고 대답해 주었다. 이런 식으로 둘째 시간은 생각보다 수월하게 지나갔다. 다만 교실을 나오려는데 학생 하나가 "이 문제 좀 풀어주쇼, 시방" 하고 턱도 없이 어려워 보이는 기하 문제를 들이미는 데는 식은땀이 났다. 별수 없이 "무슨 말인지 모르겠다, 다음 시간에 가르쳐주겠다"고 해놓고 허겁지겁 교실을 빠져나오는데 학생들이 "와아" 하고 웅성댔다. 개중에는 "모른대, 모른대" 하는 소리도 들렸다. 머저리 같은 놈들, 선생이라고 다 아는 게 아니다. 모르는 걸 모른다고 하는데 뭐가 잘못되었냐? 내가 그런 문제를 풀 정도라면 한 달에 40엔 받고 이런 촌구석에 올 것 같으냐? 교무실에 오니 이번엔 어땠냐고 멧돼지가 또 물었다. 아까처럼 "응" 하고 대답했지만 이번에는 응 만으로는 성이 차지 않아서 이 학교 학생들은 머리에 든 것이 없는 녀석들뿐이라고 말했다. 멧돼지 표정이 묘하게 변했다.

셋째 시간도, 넷째 시간도, 오후의 다섯째 시간도 대동소이했다. 첫날 수업을 했던 반에서는 조금씩 망가졌다. 선생 노릇이 남 보기만큼 녹록하지 않았다. 그런데 수업을 모두 마쳤는데도 집으로 돌아가지 못하고 우두커니 세 시가 되기를 기다려야 했다. 세 시에 담임을 맡은 반 학생이 교실 청소가 끝났다고 보고하러 와서 청소 상태를 검사했다. 그런 뒤에 일일이 출석을 부르고서야 겨우 하루가 끝났다. 아무리 월급에 팔려온 몸이라지만 중간중간 비어있는 시간까지 학교에 붙잡아 놓고 책상과 눈싸움을 시키는 법이 세상 어디에 있나. 하지만 다른 치들은 전부 얌전히 규칙을 따르는 판에 신참 혼자 구시렁대는 것도 바람직하지 않을 것 같아 참았다. 퇴근길에 아무리 그래도 세 시 넘도록 사람을 학교에 붙들어 놓는 건 바보짓이라고 멧돼지에게 하소연했더니 멧돼지가 처음엔 "그러게 말이야, 아하하하" 하고 웃었지만 나중에는 정색을 하고 "자네 자꾸 학교 불평을 하면 안 돼, 하려면 나한테만 해, 아주 이상한 사람도 있거든……" 하고 충고 비슷한 말을 했다. 네거리에서 헤어지는 바람에 자세히 물어보지 못했다.

집에 돌아오니 하숙집 주인장이 차 한잔 하자며 찾아왔다. 차 한잔 하자기에 내가 얻어먹는 줄 알았더니 내 차를 사정없이 퍼다가 자기가 타서 마신다. 이래서는 내가 없을 때 제멋대로 들어와 '차 한잔 하시지요' 해가며 혼자 마시는 건지도 모르겠다. 주인장이 하는 말을 듣자 하니 자기는 서화와 골동품을 좋아하다가 이렇게 알음알음으로 장사를 하게 됐다, 당신도 보아하니 제법 풍류를 아는 사람 같다, 취미 삼아 한번 해보면 어떻겠느냐며 얼토당토않은 것을 권했다. 나는 2년 전에 누구 심부름으로 제국호텔에 갔다가 열쇠

수리공 취급을 받은 적이 있다. 모포를 둘러쓰고[32] 가마쿠라에 청동 대불을 구경갔을 때는 인력거꾼에게 큰형님 소리도 들었다. 그밖에도 이날까지 별별 소리를 숱하게 들었지만 아직까지 나더러 풍류가 있어 보인다고 말한 사람은 아무도 없다. 풍류객이라는 작자들은 행색이나 하는 행동으로도 대강 알 수 있다. 그림 하나를 보더라도 쓰개를 뒤집어쓰고 종이쪽지[33]를 들고 다니는 법이다. 그런데 요 모양 요 꼴의 나를 두고 정색하면서 풍류객이네 어쩌네 하는 걸 보니 보통내기가 아니다. 나는 그런 나이 먹은 한량이 하는 짓은 싫어한다고 했더니 주인이 헤헤헤 웃으면서 "왜요, 처음부터 좋아하는 사람은 아무도 없어요. 하지만 한번 이 길로 들어섰다 하면 쉽게 헤어나질 못하지요"하며 혼자서 차를 따르고 이상한 손짓을 해가며 마셨다. 실은 엊저녁에 구해달라고 부탁했던 차인데

---

32 당시 먼 길을 떠나는 사람들이 모포 등을 방한용구로 쓰고 다녔음.

33 원문은 短冊(붓으로 와카나 하이쿠 등을 쓰기 위한 기다란 사각형 종이)임.

이렇게 쓰고 진한 차는 싫다. 한 잔 마셨더니 위에 반응이 왔다. 다음에는 쓰지 않은 걸로 사달라고 했더니 "예, 그렇지요" 하고는 또 한 잔 우려내 마셨다. 남의 차라고 무턱대고 퍼마시는 작자다. 주인장이 가고 나서 내일 가르칠 곳을 훑어보고 그대로 잠들었다.

그 뒤로는 매일매일 학교에 가서 정해진 대로 일하고, 매일매일 돌아오면 주인이 차 한잔 하자고 덤볐다. 일주일쯤 지나니 학교 돌아가는 형편도 웬만큼 알겠고 하숙집 부부의 됨됨이도 얼추 알 것 같았다. 다른 교사들 말로는 임명장을 받고 일주일이나 한 달 동안은 자기 평판이 좋을지 어떨지 무척 신경 쓰인다던데, 나는 그런 생각은 눈곱만큼도 들지 않았다. 교실에서 한 번씩 망가질 때는 기분 잡쳤다가도 30분만 지나면 까맣게 잊어버렸다. 나는 무엇을 오래 걱정하려고 해도 그게 안 되는 사람이다. 내가 교실에서 저지른 실수가 학생들에게 어떤 영향을 주고, 그 영향에 교장과 교감이 어떤 반응을 일으키는지에 대해 아무 감각이 없었다. 앞에서 말한 대로 나는 뱃심 있는 남

자는 아니지만 포기 하나는 잘하는 인간이다. 이 학교
가 아니다 싶으면 곧바로 어디로든 옮길 각오가 서있
다 보니 너구리든 빨강셔츠든 조금도 무섭지 않았다.
이런 내가 어찌 교실의 애송이들에게 아양 떨고 간살
을 부릴쏘냐. 학교는 이렇게 하면 되겠는데, 하숙집
쪽은 사정이 여의치 않았다. 차만 마시러 오면 그나마
견디련만 하숙집 주인이 이것저것 집어 들고 왔다. 처
음에 가지고 온 물건은 도장 재료였다. 열 개쯤 늘어
놓고 몽땅 3엔이면 싼 거니 사라고 했다. 장돌뱅이 돌
팔이 화가도 아니라서 나는 그런 것 필요 없다고 했
더니 다음엔 가잔인지 누군지가 그렸다는 화조도 족
자를 들고 왔다. 자기 손으로 도코노마에 턱 걸어놓고
멋지지 않느냐고 묻기에 그렇다고 적당히 맞장구 쳤
더니 가잔에는 두 사람이 있다.[34] 한 사람은 거시기 가
잔이고, 한 사람은 머시기 가잔인데 이 족자는 그 거
시기 가잔이 그린 거라고 시시껄렁한 설교를 한참 늘

---

34 華山이라는 이름의 화가가 두 명 실존했음. 渡辺崋山(1793~1841)
과 橫山崋山(1784~1837).

어놓은 뒤에 "어때요, 당신에게는 15엔에 드리지요, 사세요" 하고 재촉했다. 돈이 없다고 하니 "돈은 아무 때나 주셔도 돼요"라며 사뭇 세게 나왔다. 그날은 돈이 있어도 안 사겠다고 단칼에 내쫓아 버렸다. 그 다음엔 도깨비가 새겨진 기왓장만한 벼루를 짊어지고 왔다. "이건 단케이³⁵에서 나온 거예요, 단케이요" 하고 2절, 3절까지 단케이 노래를 부르기에 단케이는 또 뭐냐고 장난 삼아 물었더니 즉각 설교에 들어갔다. "단케이에는 상급, 중급, 하급이 있는데 여기 것들은 전부 상급이고, 이건 분명히 중급입니다. 여기 이 문양 알록달록한 것 좀 보세요. 이게 세 개나 박혀 있는 건 드물어요. 여기에 갈면 먹물도 기가 막히게 번지고요³⁶" 하며 한번 해보라고 커다란 벼루를 내 앞에 들이댔다. 얼마냐고 물었더니 벼루 주인이 중국에서 직접 가지고 들어온 물건인데 꼭 팔고 싶어한다며 싸게 쳐서 30엔으로 하자고 했다. 하여간 이 작자 진짜 미

---

35 端渓: 양질의 벼룻돌이 출토되는 중국 광동성의 지명.
36 원문은 潑墨(먹물을 번지게 하여 풍경을 묘사하는 기법)임.

런통이다. 학교는 어떻게든 배겨 볼 만한데 이 집은 이렇게나 골동품을 떠안기니 오래 버티기 어렵겠다.

그러는 동안에 학교마저 싫어졌다. 어느 날 저녁에 오마치라는 곳을 산책하는데 우체국 옆에 메밀국수라고 써 놓고 그 아래에 도쿄 어쩌고저쩌고 토를 달아 놓은 간판이 서 있었다. 나는 메밀국수를 매우 좋아한다. 도쿄에 살 때도 메밀국수 집 앞에서 고명 냄새가 나면 포렴을 들추고 들어가고 싶어 안달이었다. 수학과 골동품에 시달리느라 한동안 메밀국수를 잊고 지냈는데 막상 간판을 보고 나니 그냥 지나칠 수 없었다. 내친 김에 한 그릇 먹고 가려고 안으로 들어섰다. 들어가보니 내부는 간판만 못했다. 도쿄 이름을 팔았으면 좀 더 깔끔해야 하거늘 도쿄를 모르는 것인지 돈이 모자란 것인지 지저분하기 짝이 없었다. 다다미는 누렇게 뜬데다 모래가 버석버석했다. 벽은 검댕이가 덕지덕지 들러붙어 새까맸다. 천장은 기름램프에서 올라간 그을음으로 거무튀튀할 뿐 아니라 낮아서 목이 저절로 움츠러들 정도였다. 그런데 국수 이름을 요란하게 써 붙인 가격표만큼은 완전히 새 것이었다. 보아하니 낡은 집을 사서 개업한지 이삼 일쯤 된 것 같았다. 가격표 맨 위에 튀김메밀국수가 있었다. "여기, 튀김 한 그릇!"하고 큰 소리로 주문했다. 그러자 지금까지 구석에 들러붙어 뭔가 후루룩후루룩 쭉쭉 먹고 있던 세 녀석이 일제히 나를 쳐다보았다. 가게 안이 어두워서 잘 몰랐는데 이제 보니 학교 학생들이었다. 학생들이 인사하기에 나도 인사했다. 오랜만에 먹어보는 메밀국수라 너무 맛있길래 그날 저녁에 네 그릇을 비웠다.

다음 날, 아무 생각 없이 교실에 들어갔더니 칠판에 대문짝만 글씨로 "국수 선생님"이라고 쓰여 있었다. 학생들이 내 얼굴을 보고 일제히 와 웃었다. 하는 짓이 꼴같잖아서 사람이 메밀국수를 먹는데 뭐가 우스우냐고 물었다. 그러자 학생 하나가 "그래도 네 그릇은 너무 많잖어유"했다. 네 그릇을 먹든 다섯 그릇을 먹든 내 돈 내고 내가 먹는데 웬 잔말이냐며 일사천리로 수업을 해치우고 교무실로 돌아왔다. 10분 쉬었다

다른 교실에 들어가니 흑판에 또 쓰여 있었다. "메밀국수가 네 그릇이로세. 허나 웃어서는 안 될지어다." 아까는 웃고 넘어갔지만 이번에는 달랐다. 부아가 치밀었다. 농담도 도가 지나치면 시비 걸자는 말이다. 떡 굽는다며 새까맣게 태워 먹어서야 칭찬해 줄 사람 아무도 없다. 촌뜨기들이라 이런 호흡을 모르니 계속 깝죽대도 괜찮을 줄 알았겠지. 한 시간만 걸으면 볼거리도 바닥나는 손바닥만한 곳에 살면서 마땅한 심심풀이 하나 없으니 국수 몇 그릇 먹었다고 러일전쟁 일어난 것처럼 나발 불고 다니는 것이렸다. 불쌍한 놈들. 어려서부터 이렇게 교육 받으니 되바라져서 화분에서 자라는 단풍나무처럼 소인배가 되는 것이다. 천진해서 그런 거라면 함께 웃고 넘어가겠지만 이게 뭐냐, 꼬맹이 주제에 독기를 품고 있지 않은가. 나는 가만히 칠판의 글씨를 지우고 나서 이런 장난이 재미있느냐 이것은 비겁한 농담이다, 너희가 비겁이 무슨 뜻인지 아느냐고 물었다. 그랬더니 내 질문에 대답을 하고 나선 녀석이 있었다. "자기가 한 일에 남이 웃었다고 화내는 게 비겁이지유, 시방." 이런 얄미운 놈. 이런 녀석을 가르치러 도쿄에서 여기까지 왔나 하는 생각을 하니 서글펐다. 공연히 억지 부리지 말고 공부하라며 수업을 시작해버렸다. 그러고 나서 다음 교실에 들어갔더니 "국수 먹으면 억지 부리고 싶어지노라"라고 쓰여 있었다. 도대체 감당할 수가 없었다. 화가 머리끝까지 나서 너희처럼 버르장머리 없는 녀석들은 못 가르치겠다고 해놓고 냉큼 교무실로 와버렸다. 학생들은 수업이 없어져서 신났단다. 그때부터는 그나마 골동품 쪽이 학교보다 나았다.

메밀국수 건도 집에 와서 하룻밤 자고 나니 대수로울 게 없었다. 학교에 출근해서 보니 학생들도 멀쩡하게 나와 있다. 도대체 적응이 안 되었다. 그 뒤로 사흘간은 무사했는데, 나흘째 저녁에 스미타라는 곳에 가서 경단을 먹었다. 스미타는 온천이 있는 마을로 시내에서 기차로는 10분, 걸어서는 30분이면 갈 수 있었다. 스미타에는 요릿집과 온천장, 공원도 있는데다 유곽까지 있었다. 내가 들어간 경단 집은 유곽 입구에 있는데 경단 맛있기로 소문이 자자하기에 온천에 들렀다 오는 길에 잠깐 들러 먹어 보았다. 이번에는 경단 집에 학생들이 없길래 아무도 모르겠거니 하고 다음 날 1교시 수업을 들어갔더니, 또 쓰여 있었다. "경단 두 접시에 7전." 실제로 내가 두 접시 먹고 7전을 냈다. 정말 지겨운 놈들이다. 2교시째에도 분명 뭐가 있으려니 했더니 "유곽의 경단, 맛나, 맛나"라고 쓰여 있다. 이런 지긋지긋한 놈들. 경단 이야기로 끝인가 했는데 이번에는 빨간 수건이 등장했다. 무슨 소린가 했더니 시시껄렁한 꼬투리 잡기다. 나는 이곳에 오고 나서 매일 스미타 온천에 다녔다. 이곳은 모든 것이 도쿄의 발뒤꿈치에도 미치지 못하지만 온천 하나는 훌륭했다. 모처럼 여기까지 왔으니 실컷 즐길 셈으로 저녁 먹기 전에 운동 삼아 온천으로 나서는데 그때마다 나는 큼직한 서양 수건을 들고 다녔다. 이 수건이 뜨거운 물에 닿으면 줄무늬의 빨간색이 살아나 얼핏 보면 다홍색으로 보였다. 기차를 타고 가든 걸어가든 온천에 오갈 때는 나는 항상 이 수건을 들고 다

넜다. 그래서 학생들이 나를 두고 빨간 수건, 빨간 수건 한단다. 좁은 땅에 살다 보니 이래저래 말이 많다. 또 있다. 온천은 3층짜리 신축 건물에 있는데 고급 탕은 8전에 유카타를 빌려주고 때까지 밀어주었다. 거기에 여자가 차도 날라 주었다. 나는 매일 고급 탕에 다녔다. 그랬더니 이번에는 또 '40엔짜리 월급으로 고급 탕에 다니는 것은 사치'라고 떠들었다. 걱정도 팔자다. 또 있다. 매끈한 화강암을 쌓아 만든 욕탕은 다다미 열다섯 장짜리 방만큼이나 넓었다. 대개는 열서너 명쯤 들어가 있지만 가끔은 아무도 없을 때가 있었다. 일어서면 젖꼭지에 닿을 만큼 깊어서 운동 삼아 탕 속에서 헤엄을 치노라면 상쾌하기 그지없었다. 나는 사람이 없을 때를 골라 널찍한 탕에서 신나게 헤엄치고 돌아 다녔다. 그런데 어느 날 3층에서 내려와 오늘도 몇 바퀴 돌아볼까 하고 욕탕 출입문[37] 틈으로 들여다 보았더니 검은 글씨로 "탕에서 헤엄치지 말 것"

---

37 원문은 ざくろ口(목욕탕에서 씻는 곳과 목욕통 사이의 출입구. 물이 식지 않도록 아래쪽만 뚫려 있어서 허리를 숙여 드나들었음)임.

이라고 쓰여진 큼지막한 종이가 붙어 있었다. 탕 안에서 수영을 하는 작자는 거의 없을 테니 이 경고문은 나 때문에 붙였는지도 모른다. 이후로 헤엄치는 것을 포기했다. 포기도 포기지만 학교에 갔더니 이번에도 흑판에 "탕에서 헤엄치지 말 것"이라고 쓰여있는 데는 놀라 자빠질 뻔했다. 왠지 학생 전체가 나 한 사람의 뒤를 캐고 다니는 것 같았다. 우울했다. 학생들이 무슨 말을 한다고 마음먹은 일을 그만둘 내가 아니지만, 어쩌다 이렇게 숨이 턱턱 막히는 손바닥만한 곳에 왔는지를 생각하니 암담했다. 그러고 나서 집에 가면 영락없이 골동품 세례가 기다리고 있었다.

4
숙직

학교에는 숙직이라는 것이 있어서 교사들이 번갈아 가며 선다. 그런데 너구리와 빨강셔츠는 예외란다. 모두가 짊어져야 할 의무를 어째서 두 사람은 면제 받는지 물었더니 높은 사람을 예우[38]하기 때문이란다. 웃기지도 않다. 월급은 잔뜩 받고, 일하는 시간은 짧고, 거기에 숙직까지 빠지다니 이런 불공평한 처사가 어디 있을까. 멋대로 규칙을 만들어 놓고 그게 당연하다는 듯한 얼굴들이다. 참 잘도 뻔뻔하다. 이 건에 대해서는 불만이 아주 많지만 멧돼지 말에 따르면 혼자 아무리 불평해봤자 어림없다고 한다. 없기는, 혼자든

---

38 원문은 '奏任(옛 관제에서 3등 이하 9등까지의 고등관) 대우'임.

둘이든 올바른 일이라면 어림이 있어야 맞다. 멧돼지가 'Might is right'라는 영어를 써가며 가르치려 들었는데 내가 말귀를 알아듣지 못해 다시 물었더니 '강자의 권리'라는 뜻이란다. 강자의 권리쯤은 나도 옛날부터 알고 있다. 새삼 멧돼지에게 강의를 듣지 않아도 된다. 강자의 권리와 숙직은 별개 문제다. 너구리와 빨강셔츠가 강자라니, 이 무슨 잠자다 봉창 두드리는 소리냐. 그건 그렇다 치고, 드디어 그 숙직이 내 차례가 되었다. 내가 좀 까칠하다 보니 나는 어려서부터 잠자리가 바뀌거나 내 이불이 아니면 제대로 잠을 자지 못한다. 어릴 때 친구 집에서 자 본 적도 거의 없을 정도다. 친구 집도 싫은 판이니 학교 숙직실은 어련하겠는가. 싫기는 하지만 이것도 40엔어치에 들어 있으니 별수 없다. 참고 해 봐야겠다.

교사와 학생이 모두 돌아가고 난 빈자리에 혼자 우두커니 앉아있다니, 정신 나간 짓이다. 숙직실은 교실 뒤편에 있는 기숙사의 서쪽 끝 방이었다. 잠깐 들어가 보았는데 서쪽 해가 정면으로 들이쳐 앉아있을 수가 없었다. 시골이라 그런지 가을이 왔는데도 더위가 좀처럼 수그러들지 않았다. 학생들이 먹는 밥을 가져오라 해서 저녁을 먹으려는데 말도 못하게 맛이 없다. 녀석들, 이런 걸 먹고 용케도 설쳐댄다. 이렇게 일찌감치 네 시 반에 저녁밥을 해치우니 호걸이 될 수밖에. 밥은 먹었지만 해가 아직 떨어지지 않으니 잠자리에 들 수도 없었다. 슬그머니 온천 생각이 났다. 숙직을 서면서 바깥에 나다니는 것이 잘하는 일인지 아닌지 잘 모르겠지만 징역형을 사는 것도 아닌데 이렇게 맥을 놓고 앉아 괴로워하고 있을 수만은 없었다. 학교에 처음 오던 날 숙직을 찾으니 급사가 잠깐 일보러 나갔다고 하기에 의아했는데 내가 숙직을 서보니 알겠다, 나가는 게 옳다. 잠깐 외출하겠다고 했더니 급사가 무슨 일이 있느냐고 물었다. 일 때문이 아니라 온천에 가는 것이라고 일러두고 냉큼 밖으로 나갔다. 빨간 수건을 하숙집에 두고 온 것이 아쉬웠다. 오늘은 온천에서 빌려 써야겠다.

탕에 몇 번 들락날락 하다가 뉘엿뉘엿 해가 기울

때쯤 기차를 타고 와 고마치역에 내렸다. 역에서 학교까지는 5분 정도밖에 걸리지 않으니 털레털레 걷고 있는데 맞은편에서 너구리가 걸어왔다. 내가 방금 내린 기차를 타고 온천에 가려는 것이다. 너구리가 이쪽으로 바지런히 걸어오다 엇갈려 지나칠 때 나를 보기에 꾸벅 인사했다. 그러자 "선생 오늘 숙직 아니던가?" 하며 정색을 하고 물었다. 아니던가는 무슨 아니던가, 아까 두 시간 전에 나를 보고 "오늘 첫 숙직이군요. 수고하시게" 하지 않았나. 사람이 교장쯤 되면 저렇게 말을 돌려서 하는 모양이다. 화가 났다. 그래서 "네, 숙직입니다. 숙직이니까 지금부터 들어가서 확실하게 자리는 지킬 겁니다"라고 내뱉고 와 버렸다. 다테마치 네거리에서는 멧돼지와 정면으로 마주쳤다. 하여간 좁은 곳이다. 밖에 나가기만 하면 꼭 누구를 만난다. "이봐, 너 숙직 아냐?" 하고 묻길래 "응, 숙직이야" 했더니 "숙직이 막 돌아다니면 안 되지" 했다. 나는 "안 되긴 뭐가 안 돼, 안 돌아다니는 게 안 되는 거지" 하고 버텼다. "너도 어지간하구나, 교장이

나 교감 만나면 골치 아플 걸" 하고 멧돼지답지 않은 소리를 하기에 "교장은 방금 만났어. 날이 더우니 산책이라도 하지 않으면 숙직도 힘들 거라고 칭찬하던데" 해놓고 말이 길어질까 봐 얼른 학교로 들어왔다.

해가 저물었다. 어두워지고 나서 급사를 숙직실에 불러 이야기를 두어 시간 나누었는데 나중에는 그것도 지겨웠다. 잠이 오지 않았지만 이불에 누워 있으려고 잠옷으로 갈아입었다. 숙직실에 모기장을 치고 빨간 모포를 밀어 넣고 엉덩방아를 쿵 찧으며 벌렁 드러누웠다. 잠자리에 누울 때 엉덩방아를 찧는 것은 어려서부터의 내 버릇이다. 나쁜 버릇이라고 오가와마치의 하숙집에 살 때 아래층에 살던 법률학교 서생이 항의한 적이 있다. 법률 서생이란 자는 힘도 세지 않은 주제에 입만 살아서 되지도 않는 소리를 장황하게 늘어놓았다. 누울 때 쿵쿵 소리가 나는 건 내 엉덩이 때문이 아니라 하숙집이 엉성해서 그런 거니 따지려면 집주인에게 따지라고 찍소리 못하게 만들어 줬다. 이 숙직실은 2층이 아니니까 아무리 세게 넘어져도 괜

찼다. 가급적 세게 넘어질수록 잠도 잘 온다. "아이구 좋다" 하며 발을 쭉 뻗는데 뭔가 다리에 들러붙었다. 까슬까슬한 게 벼룩 같지도 않아서 기겁하며 모포 속에서 다리를 마구 저었다. 그러자 몸에 붙은 까슬까슬한 것들이 더 늘어나면서 종아리에 대여섯 군데, 허벅지에 두어 군데, 엉덩이 아래에서 깔려 툭 터진 녀석이 하나, 배꼽까지 날아오른 녀석이 하나……나는 혼비백산했다. 후다닥 일어나 모포를 휙 젖혔더니 모포 속에서 메뚜기 수십 마리가 튀어나왔다. 정체를 모를 때는 섬뜩했는데 메뚜기라는 것을 알고 나니 화가 났다. 메뚜기 주제에 어딜 감히 사람을 놀래키느냐며 베개를 집어 들고 퍽퍽 내려쳤다. 그런데 상대가 너무작다 보니 힘을 쓰는데 비해 소득이 별로 없었다. 안되겠다 싶어 다시 모포를 깔고 앉아 연말 집안 청소[39] 때 멍석을 둘둘 말아놓고 먼지를 털듯 사정없이 두들겼다. 놀라 튀어나온 메뚜기들과 베개를 휘둘러 대는

---

39 원문은 煤掃(집 안팎의 그을음과 먼지를 털어 내는 연말 대청소. 신앙적 의미가 곁들여짐)임.

바람에 위로 날아오른 메뚜기들이 내 어깨며 머리며 콧등에 마구 부딪히거나 들러붙었다. 얼굴에 붙은 놈을 베개로 때릴 수는 없으니 손으로 잡아떼어 집어던졌다. 하지만 아무리 세게 던져도 부딪히는 곳이 모기장이다 보니 모기장만 둥실 뒤로 밀려날 뿐 분하게도 메뚜기에게는 충격이 없었다. 메뚜기는 던져진 채로 모기장에 대롱대롱 매달려있었다. 죽지도 않고 기절도 하지 않았다. 30분 만에 어렵사리 메뚜기를 처치하고 빗자루를 가져와 메뚜기 시체를 쓸어 냈다. 급사가 와서 무슨 일이냐고 묻기에 "보면 몰라? 이불 속에 메뚜기를 키우는 녀석이 세상에 어디 있어. 이 멍청아!" 하고 야단쳤더니 자기는 모른다고 변명했다. 모르면 다냐고 빗자루를 마루에 내던졌다. 급사가 굽실거리며 빗자루를 둘러메고 돌아갔다.

즉시 기숙사생 대표 셋을 불러들였다. 그런데 여섯 명이 왔다. 여섯이면 어떻고 열이면 어떠랴. 잠옷 차림에 소매를 걷어붙이고 담판을 벌였다.

"메뚜기 같은 걸 왜 이불에 집어넣었냐?"

"메뚜기가 뭐래유?"

맨 앞에 있는 녀석이 말했다. 기분 나쁘게 여유만만
이다. 이놈의 학교는 교장뿐 아니라 학생까지 말을 돌
려서 한다.

"메뚜기를 몰라? 모르면 보여주지."

말은 그렇게 했는데 하필 한 마리도 남아 있지 않
았다. 급사를 다시 불러 아까 그 메뚜기를 가지고 오
라고 했더니 "쓰레기 구덩이에 다 버렸는데요, 찾아
올까요?"하고 물었다. 당장 찾아오라고 했더니 급사
가 뛰어가서 종이 위에 열 마리쯤 담아왔다. "어떡하
지요? 어두워서 이것밖에 안 보여요. 내일 더 주워올
게요"했다. 급사까지 바보다. 내가 메뚜기 하나를 집
어 들어 학생들에게 보여 주며 다그쳤다.

"이게 메뚜기란 거다, 덩치는 커 가지고 왜 메뚜기
를 몰라."

왼쪽 끝에 있던 둥글넓적하게 생긴 녀석이 건방지
게 말대꾸했다.

"그건 미띠기지유."

"멍청이 같은 놈, 메뚜기나 미띠기나 그게 그거지. 그건 그렇고 선생한테 유-가 뭐야, 유-는 상대방을 가리키는 2인칭 아니더냐."

"그 유-하고 이 유는 다른 거지유."

끝까지 유 자가 붙어 다니는 놈들하곤.

"메뚜기든 미띠기든 어째서 내 이불에 넣었어! 내가 언제 메뚜기 넣어 달라던?"

"아무도 안 넣었는디유."

"안 넣은 게 이불 속에 왜 있냐고오."

"미띠기는 따뜻한 곳을 좋아하니께 지 혼자 들어갔것지유."

"웃기고 있네, 메뚜기가 혼자 들어가셨다고? 어떻게 혼자 납시었을까? 자, 왜 이런 장난질을 했는지, 어서 말햇!"

"말하라뉴, 하지도 않은 일을 어떻게 말한대유."

에라, 이 옹졸한 놈들. 자기가 한 짓을 자기 입으로 말 못하겠거든 애초부터 시작을 말 것이지, 증거가 없다고 뻔뻔하게 오리발을 내밀 심산이로구나. 나도 중학교 다닐 때 조금은 장난도 쳤다. 하지만 누가 했느냐고 물었을 때 비겁하게 나 몰라라 한 적은 단 한 번도 없다. 했으면 했고, 안 했으면 안 한 것이다. 나는 장난을 치더라도 떳떳하게 쳤다. 거짓말 해서 벌을 피할 요량이라면 애당초 장난을 치지 말 일이다. 장난에는 벌이 따른다. 벌이 있으니 장난도 신나는 법이다. 장난만 치고 벌은 사양하겠다는 비열한 근성이 세상 어느 나라에서 통할 것 같으냐? 돈을 빌리기는 빌리되 갚는 건 사양하겠다는 사건 사고들은 죄다 이런 놈들이 학교를 졸업하고 나서 하는 짓거리다. 도대체 중학교에 뭐 하러 온 거냐. 학교에 들어와서 거짓말 하고, 속이고, 뒤에서 쏘삭쏘삭 버르장머리 없는 장난이나 치고, 그러다 에헴 하고 졸업해서는 교육 받았습네 하고 헛다리를 짚으려고? 에라, 말이 안 통하는 잡졸들!

이렇게 썩어 빠진 생각을 가진 놈들과 시비를 가리자면 내 속만 뒤집어질 것 같았다. "그렇게 말하기 싫으면 하지 않아도 된다. 중학생씩이나 되어서 무엇이 좋고 나쁜지 구별도 못하다니 불쌍하다"고 여섯을 풀어주었다. 나는 생긴 거나 말하는 거나 그다지 고상하지는 않지만 심성은 이 녀석들보다 훨씬 고상할 터이다. 여섯이 여유만만하게 물러갔다. 겉보기에는 선생인 나보다 더 잘나 보인다. 하지만 사실은 여유를 부리는 만큼 나쁘다. 내게는 도저히 그만한 배짱이 없다.

그리고 나서 다시 잠자리에 누웠는데 아까의 소동의 여파로 모기장 안에서 모기 소리가 앵앵 메아리쳤다. 한 마리씩 붙잡아 촛불에 태울 수는 없는 노릇이라 끈을 풀고 모기장을 둘둘 말아 사정없이 열십자로 몇 번 휘둘렀는데, 둥근 쇠고리가 날아와 손등을 악 소리가 나도록 호되게 때렸다. 세 번째로 잠자리에 누웠을 때는 대강 잘만 했는데 좀처럼 잠이 오지 않았다. 시계를 보니 열 시 반이었다. 곰곰이 생각해보니 참 고약한 곳에 왔다. 중학교 선생이란 것이 어디에 가나 이런 녀석들을 상대해야 하는 직업이라면 참으로 불쌍한 존재다. 선생이 품절되지 않는 것이 이상하다. 어지간히 참을성 많은 돌부처들이 있는가 보다. 나는 도저히 못하겠다. 그리고 보면 기요가 존경스럽다. 교육도 못 받고 신분도 없는 노인네지만 인간으로서는 정말 고귀하다. 여태껏 그렇게 보살핌을 받으며 고마운 줄 몰랐는데 이렇게 혼자 멀리 떨어져있으니 기요가 얼마나 잘해 주었는지 알겠다. 에치고 찹쌀엿이 먹고 싶다면 에치고까지 가서 사다 줄 만큼의 가치가 충분히 있다. 기요는 나더러 욕심 없고 올곧은 심성을 가졌다고 칭찬하지만 칭찬 받는 나보다 칭찬하는 당신이 더 훌륭하시다. 기요가 보고 싶다.

기요를 생각하며 뒤척이고 있는데 갑자기 머리 위에서 숫자로 치면 3, 40명쯤 될까, 2층이 내려앉을 정도로 "쿵, 쿵, 쿵!" 하고 박자에 맞춰 마룻바닥을 구르는 소리가 들렸다. 동시에 발소리 못지않게 엄청나게 큰 함성이 났다. 무슨 일이 생긴 줄 알고 벌떡 일어났다. 하지만 일어나자마자 아까 일을 앙갚음하려고 학생들이 날뛰는 것이라는 데에 생각이 미쳤다. 저지른 잘못은 잘못했다고 사과하기 전에는 죄가 없어지지 않는 법이다. 잘못했다는 것은 제 놈들이 잘 알고 있을 터이다. 제대로 된 놈들이라면 잠자면서 뉘우

치고 내일 아침에라도 빌러 오는 게 도리다. 설령 빌러 오지는 못하더라도 죄송한 마음에 정숙하게 자고 있어야 마땅하다. 그런데 이게 뭐야, 이 소동은. 기숙사 지어놓고 돼지를 치는 것도 아닐진대 정신 나간 짓거리도 작작해야지. 가만두지 않으려고 잠옷 바람으로 숙직실을 뛰쳐나가 쿵쾅쿵쾅 계단을 몇 칸씩 건너뛰어 세 걸음 반 만에 2층까지 올라갔다. 그런데 희한하게도 방금 전까지 머리 위에서 우당탕 퉁탕 날뛰던 소리가 뚝 그치고 사람 목소리는커녕 발자국 소리 하나 들리지 않았다. 이게 뭐지? 램프는 이미 꺼져있으니 사방이 깜깜해서 어디에 무엇이 있는지 확실히 보이지 않는다. 하지만 사람이 있는지 없는지는 느낌으로도 알 수 있다. 동서로 길게 뻗어 있는 복도에는 쥐새끼 한 마리 숨을 곳이 없었다. 복도 끝에 달빛이 들어와 멀리 반대편이 유독 밝았다. 뭔가 심상치 않았다. 나는 어려서부터 꿈을 잘 꾸었는데, 자다가 벌떡 일어나 잠꼬대를 해서 놀림을 받곤 했다. 열여섯인가 일곱 살에 꿈속에서 다이아몬드를 주웠을 때에는 자

다 말고 일어나 방금 그 다이아몬드 어디에 두었냐고 옆에서 자고 있던 형을 닦달했을 정도다. 그 뒤로 사흘 내내 웃음거리가 되어 조용히 죽어지냈다. 혹시 이것도 꿈일지 모른다. 하지만 분명히 요란법석을 피운 게 맞다고 복도 한가운데에 서서 생각하고 있는데 달빛이 비치는 반대편 끝에서 "하나, 둘, 셋, 와아" 하고 3, 40명의 목소리가 일제히 큰 소리를 지르는가 싶더니 아까처럼 박자에 맞춰 전원이 발로 마룻바닥을 쿵쿵 구르기 시작했다. 역시 꿈이 아니다. 현실이다. "조용히 해, 한밤중이야!" 나도 질세라 큰소리를 지르며 복도 끝을 향해 달려갔다. 복도가 깜깜해서 복도 끝의 달빛만이 눈에 들어왔다. 대여섯 발짝이나 내디뎠을까, 복도 한가운데에서 단단하고 커다란 것에 정강이를 부딪혀 통증이 뇌에 울려 퍼지려는 찰나, 몸뚱이가 쿵 하고 앞으로 나가떨어졌다. "이런 빌어먹을!" 벌떡 일어서기는 했는데 몸이 앞으로 나가지 않았다. 마음은 급한데 발이 말을 듣지 않았다. 애가 달아 한 발로 깡총거리며 뛰어갔더니 이미 함성과 발소리는 흔적도 없이 사라지고 쥐 죽은 듯 조용했다. 인간이 비겁해도 이렇게 비겁할 순 없다. 돼지 같은 놈들. 이렇게 된 이상 숨어있는 놈들을 끌어내 끝까지 사과를 받기로 작심을 하고 방 하나를 뒤지려는데 문이 열리지 않았다. 안에서 문을 잠근 것인지 책상 같은 걸 쌓아 막아놓은 것인지 아무리 밀어도 꿈쩍하지 않았다. 방을 바꿔 맞은편 북쪽 방을 밀어보았다. 여기도 열리지 않기는 마찬가지였다. 내가 문을 열어 안에 있는 녀석들을 붙잡으려 안달하는 사이에 이번에는 다시 동쪽 끝에서 "와아" 하는 함성과 발 구르기가 시작되었다. 이놈들이 서로 짜고 양쪽에서 나를 바보로 만들려고 하는 줄은 알겠는데, 이제 어떻게 해야 할지 모르겠다. 솔직히 고백하건대 나는 용기는 있으나 지혜가 부족하다. 이제는 어떻게 해야 할지 정말 모르겠다. 하지만 지고 싶은 생각은 추호도 없다. 이대로 끝내서는 체면이 말이 아니다. 도쿄 토박이가 기개 없다는 소리를 들어서야 되겠는가. 숙직 서다 코흘리개 꼬맹이들에게 놀림 받고 쩔쩔매다 이불 속에서 울더라는 소리

를 들어서는 평생의 불명예다. 이래 봬도 뿌리는 하타
모토[40]다. 하타모토의 시조는 세이와 겐지[41]인데, 바로
다다노 만쥬[42]의 후예다. 이런 순 시골뜨기들과는 근
본이 다르다. 다만 지금은 지혜가 부족한 점이 아쉬울
뿐이고, 어떻게 해야 좋을지 몰라 답답한 것뿐이다.
답답하다고 질 수는 없다. 정직하니까 어떻게 해야 할
지 모르는 거다. 생각해 보라, 세상에 정직 말고 그 무
엇이 이긴단 말인가? 오늘 밤에 이기지 못하면 내일
이기자. 내일 이기지 못하면 모레 이기자. 모레 이기
지 못하면 하숙집에 도시락을 싸 오라고 해서 이길 때
까지 여기에 살자. 나는 이렇게 결심하고 복도 한가운
데에 양반다리를 하고 앉아 날이 새기를 기다렸다. 모
기가 앵앵거렸지만 아무렇지도 않았다. 아까 부딪힌
정강이를 만져보니 끈적거렸다. '피가 나는 거겠지.
피 같은 거 날 테면 나라지……' 그러고 있다가 아침

---

40 旗本: 녹봉 1만석 미만의 에도 시대의 쇼군 직속 고급 무사.
41 清和源氏: 일왕 清和의 자손으로 源氏라는 성을 받은 집안.
42 多田満仲(912~997): 鎮守府(혼슈 동쪽 지방을 지키는 관청)의 将軍
으로 清和源氏 집안의 기반을 닦은 사람.

부터의 피로가 밀려와 그만 깜빡 잠들고 말았다. 왠지 소란해서 화들짝 눈을 떴다. 이런 젠장, 내가 앉은 자리의 오른쪽 방문이 반쯤 열려있고 학생이 둘, 내 앞에 서 있는 게 아닌가! 퍼뜩 정신이 들어 내 코앞에 있는 다리를 붙잡아 힘껏 낚아챘더니 한 녀석이 벌렁 뒤로 자빠졌다. 잘 걸렸다! 나머지 한 녀석이 허둥대는 사이에 덤벼들어 어깨를 짓누르고 쿡쿡 쥐어박았더니 정신 못 차리고 눈만 껌벅거렸다. 숙직실로 따라오라며 끌고 갔더니 겁쟁이들인지 군말 않고 따라왔다. 이미 훤하게 동이 트고 있었다.

숙직실에 데려온 녀석들을 문초하기 시작했는데, 돼지는 때려도 돼지고 두들겨도 돼지니까 그저 몰러유 소리만 하고 끝까지 자백하지 않았다. 그러는 사이에 한 녀석 내려오고, 두 녀석 내려오고, 학생들이 점점 숙직실에 모여들었다. 보아하니 모두 잠을 못 잤는지 눈이 부었다. 시원찮은 놈들, 하룻밤 못 잤다고 낯짝이 이 모양이니 어떻게 사내라는 소리를 듣겠나. 얼굴이라도 씻고 오라고 말해주었는데도 세수하러 가는 녀석이 하나도 없었다. 내가 50명쯤을 상대로 한 시간쯤 옥신각신하고 있는데 불쑥, 너구리가 나타났다. 나중에 들은 말로는 학교에 난리가 났다고 급사가 굳이 찾아가서 보고했단다. 이까짓 일로 교장을 부르다니 어지간히 겁도 많다. 그러니 중학교 급사나 할 수밖에.

교장이 내게 자초지종을 들었다. 학생들이 하는 말도 조금 들었다. 그러고는 "처분을 내릴 때까지는 평소처럼 수업에 들어가거라. 얼른 씻고 아침을 먹어야 늦지 않으니 서두르거라"고 기숙사생을 전부 풀어주었다. 이 무슨 미적지근한 처사인가. 나 같으면 즉석에서 기숙사생을 깡그리 퇴학시켜 버린다. 이렇게 교장이 태평한 짓을 하니까 학생들이 숙직 선생을 가지고 노는 것이다. 게다가 나를 보고 "선생도 걱정되어 힘드셨지요. 오늘 수업은 안 되겠어요"하길래 내가 이렇게 대답했다. "아뇨, 조금도 걱정 안 됩니다. 이런 일이 매일 밤 일어나도 목숨이 붙어 있는 동안에는 걱정 안 됩니다. 수업하겠습니다. 하룻밤 안 잤다고 수업을 못 할 것 같으면 일수만큼 월급을 반납하겠습니다."교장이 어떻게 받아들였는지 내 얼굴을 한참 들여다보다가 말했다. "허지만 얼굴이 많이 부었어요." 듣고 보니 왠지 얼굴이 무거운 기분이 들었다. 게다가 온통 가렵다. 모기에게 어지간히 물린 모양이다. 나는 얼굴을 벅벅 긁으며 아무리 부어도 말은 제대로 할 수 있으니 수업에는 지장 없다고 말했다. 교장이 웃으며 "아주 건강하네요" 하고 칭찬했다. 사실은 칭찬한 것이 아니라 놀렸을 것이다.

5

낚시

낚시하러 가지 않겠느냐고 빨강셔츠가 내게 물어왔다. 빨강셔츠는 기분 나쁘게 간드러진 목소리를 내는 사람이다. 남잔지 여잔지 구분도 못하겠다. 남자라면 마땅히 남자 목소리를 낼 일이다. 그것도 대학까지 졸업한 사람 아닌가? 나는 물리학교 나오고도 이런 목소리가 나오는데 문학사가 저래서는 꼴불견이다. "글쎄요" 하고 내키지 않는 대답을 했더니 무례하게도 나더러 낚시를 해 본 적이 있느냐고 물었다. 별로 많진 않지만 어릴 때 고우메[43] 낚시터에서 붕어 세

43 小梅: 도쿄 스미타구에 있는 지명.

마리를 잡은 적도 있고, 가구라자카에 있는 절[44]에서 사천왕[45]을 모시는 날에 어른 손바닥만한 붕어가 낚시바늘에 걸려 다 잡은 줄 알았다가 첨벙 떨어뜨린 적도 있는데 지금 생각해도 아깝다고 했더니 빨강셔츠가 턱을 앞으로 쭉 내밀고 호호호 하고 웃었다. 웃는 판에 점잖 떨 것까지야……. "그럼 아직 낚시 맛을 모르는 거구만. 원하면 한 수 가르쳐드리지요" 하며 한껏 의기양양했다. 한 수는 무슨 한 수, 하여간 사냥이나 낚시를 좋아하는 치들은 하나같이 인정머리가 없다. 인정이 있다면 어떻게 살생을 저질러 놓고 희희낙락 하겠는가. 새나 물고기나 죽기보다는 살기를 더 좋아할 것이다. 낚시든 사냥이든 먹고 사는 일이라면 또 몰라도 부족한 것 하나 없이 살면서 살아있는 것을 죽이지 않으면 잠이 안 온다니 그게 바로 배부른 소리가 아닌가……등등 여러 가지 생각이 들었지만 저쪽은 문학사니만큼 말로는 못 당할 것 같아 잠자코 있었

---

44 신주쿠 가구라자카의 善国寺를 가르킴.
45 원문은 毘沙門(사천왕 가운데 하나로 재물을 가져다주는 칠복신)임.

다. 그랬더니 이 교감이 나를 설복시킨 줄로 착각했는
지 "그럼 당장 배워봅시다, 괜찮으면 오늘 어때요, 함
께 갈까요? 요시카와랑 둘만 가면 심심하니 함께 갑
시다"하며 자꾸 채근했다. 이 요시카와는 미술 교사,
바로 그 알랑쇠다. 어떻게 된 영문인지 이 알랑쇠는
빨강셔츠네 집에 문지방이 닳도록 들락거리면서 어
디든지 따라다닌다. 둘은 동료 교사가 아닌 것 같다,
마치 주인과 종이다. 빨강셔츠가 가는 곳이라면 알랑
쇠도 반드시 가기 때문에 새삼스레 놀랄 일은 아닌데,
둘이 가면 될 것을 왜 나 같은 까칠남에게 말을 걸었
을까? 아마 저 잘난 낚시꾼이 물고기 잡는 것을 자랑
할 요량으로 나를 불렀을 것이다. 그런 자랑을 들어주
고 있을 내가 아니다. 다랑어를 몇 마리 잡더라도 눈
썹 하나 까딱 안 할 거다. 아무리 초짜지만 나도 사람
인데 낚싯줄을 드리우면 뭐라도 걸리겠지. 상대가 빨
강셔츠다 보니 내가 지금 안 간다고 하면 싫어서 안
가는 게 아니라 못하니까 안 가는 거라고 소설을 쓸
게 뻔하다. 생각이 여기에 미치자 나는 "갑시다"하고

대답했다. 학교에서 퇴근하여 일단 집에 돌아와 채비를 하고 빨강셔츠와 알랑쇠를 역에서 만나 바다로 갔다. 사공은 한 사람이었고, 배는 도쿄에서 한 번도 본 적이 없는 폭이 좁고 길쭉한 배였다. 아까부터 배 안을 둘러보아도 낚싯대가 보이지 않았다. 낚싯대 없이 어떻게 낚시를 할 셈이냐고 알랑쇠에게 물었더니 "바다 낚시는 낚싯대 안 써요, 줄만 있으면 돼요" 하고 턱을 쓰다듬으며 아는 사람 티를 냈다. 이럴 줄 알았으면 가만히나 있을 걸……

슬근슬근 노를 젓는데도 사공 솜씨가 얼마나 능숙하던지 뒤를 돌아보니 육지가 까마득하게 보였다. 고하쿠지 절의 오층탑이 튀어나온 바늘처럼 숲 위에 뾰족하게 솟아있다. 바다 쪽으로는 아오시마 섬이 떠있다. 그곳은 사람이 살지 않는 섬이란다. 자세히 보니 바위와 소나무뿐이었다. 과연, 바위와 소나무만 있어서는 사람이 못 살게도 생겼다. 빨강셔츠가 연신 주위를 둘러보며 경치가 좋다고 했다. 알랑쇠는 절경이라고 장단을 맞추었다. 절경인지 아닌지 잘 몰라도 나는 기분이 정말 좋았다. 널따란 바다에서 바닷바람을 맞으니 약이 될 것 같았다. 괜스레 배가 고팠다. "저 소나무 좀 보게, 줄기가 반듯하고 위에서부터 우산처럼 벌어진 게 흡사 터너[46] 그림 같구먼" 하고 빨강셔츠가 알랑쇠에게 말을 거니 알랑쇠는 "진짜 터너네요. 저기, 가지 휘어진 것 좀 보세요. 터너랑 똑같아요" 하며 익히 알고 있다는 듯한 표정을 지었다. 나는 터너가 뭔지 몰랐지만 물어보지 않는다고 곤란할 것도 없어서 잠자코 있었다. 배가 섬을 오른편에 끼고 돌았다. 파도가 전혀 없다. 바다라는 것이 믿기지 않을 만큼 물결이 잔잔하다. 빨강셔츠 덕분에 무척 상쾌하다. 섬에 올라가 보고 싶어 어디 바위 옆에 배를 댈 수 없느냐고 물어보았다. 대지 못할 건 없지만 낚시 하기에는 섬에 너무 가까이 가면 안 된다고 빨강셔츠가 어깃장을 놓았다. 나는 입을 다물었다.

그때 알랑쇠가 얼토당토않은 제의를 했다.

"교감 선생님, 이제부터 저 섬을 터너섬이라고 부

***

46 Joseph Mallord William Turner(1775~1851): 영국의 낭만주의 화가.

르면 어떨까요?"

빨강셔츠가 받았다.

"그거 재밌겠네, 우리 지금부터 그리 부릅시다."

이런, 이 '우리'에 나도 포함된 것이라면 사절하겠다. 나는 저 섬만 있으면 충분하다.

"저 바위 위에, 어때요, 라파엘로의 마돈나를 턱 올려놓으면⋯⋯그림 되네" 하고 알랑쇠가 말했다.

빨강셔츠가 "마돈나 이야기는 그만하지, 호호호" 하고 기분 나쁘게 웃었다.

"뭘요, 아무도 없으니 괜찮아요" 하며 내 쪽을 흘깃 보더니 보란 듯이 외면하고 히죽히죽 웃었다.

왠지 비위 상했다. 마돈나든 머돈나든 내 알 바 아니니 마음대로 올려놓아도 되지만 남이 모르는 말을 뱉어놓고 들어봤자 모를 테니 상관없다는 식으로 나오고 있다. 천박한 짓거리다. 그런 꼴에 입만 열면 도쿄 토박이네 어쩌네 주절댄다. 마돈나라는 것은 아무래도 빨강셔츠가 만나는 기생의 별명이나 뭔가에 틀림없다. 쫓아다니는 기생을 무인도의 소나무 아래에 세워놓고 감상하겠다니, 정말 어처구니없다. 차라리 알랑쇠가 유화로 그려 전시회에 걸어 놓으라지.

이쯤이 좋겠다며 사공이 배를 멈추고 닻을 내렸다. 몇 길이나 되느냐고 빨강셔츠가 물으니 여섯 길 정도라고 했다. 여섯 길이면 도미는 어렵겠다며 빨강셔츠가 낚싯줄을 바다에 던졌다. 대왕 도미라도 잡을 셈인지 줄이 굵기도 했다. 알랑쇠가 "왜요, 교감 선생님 솜씨면 충분해요, 게다가 바람도 없잖아요" 하고 간살을 부리며 자기도 줄을 풀어 물에 던졌다. 그런데 줄 끝에 봉돌 같은 납덩이만 달랑 매달려 있다. 찌가 없다. 찌 없이 낚시를 하다니, 온도계 없이 온도를 재겠다는 이야기 아닌가.

나는 그렇게 못하겠기에 지켜보고 있으려니 "자네도 해보게, 낚시줄 남아 있지?" 하고 권했다.

"줄은 많은데 찌가 없어서요."

"찌 없다고 낚시를 못하는 사람은 초짜에요. 이렇게 해서, 줄이 밑바닥에 닿거든 여기 앉아서 이렇게, 이렇게 검지손가락으로 살살 들었다 놨다 하는 거예요, 물면 손에 느낌이 오거든. ……옳지 왔다!"

빨강셔츠가 재빨리 줄을 감아 올리기에 뭐가 걸렸나 했더니 올라온 것은 아무것도 없고 미끼만 사라졌다. 그것 참 쌤통이다.

"교감 선생님, 아깝게 됐네요, 틀림없이 큰 놈이었을 텐데. 교감 선생님 손에 걸리고도 달아나다니, 오늘 만만치 않겠어요. 하지만 놓치긴 하셨어도 경우가 달라요. 찌하고 눈싸움만 하는 작자들보다는 훨씬 나으세요. 그런 건 브레이크 없다고 자전거 못 타겠다는 소리나 마찬가지잖아요?" 하며 알랑쇠가 재수 없는 소리를 늘어놓았다. 정말 패주고 싶었다. 나도 사람이다. 교감 혼자 바다를 전세 낸 것도 아니다. 바다는 넓다. 다랑어 한 마리쯤 의리로라도 잡혀주려니 하고 툼벙, 봉돌과 낚싯줄을 던져 넣고 손가락 끝으로 적당히 들었다 놓았다 했다.

조금 지나 뭔가 툭툭 줄을 건드리는 것이 있었다. 나는 생각했다. 이 녀석은 물고기가 분명하다. 살아있는 것이 아니고서야 이렇게 부들부들 떨 리가 없다.

올커니, 왔구나 하며 줄을 휙 잡아챘다. "어? 잡았어요? 후배가 더 무섭다더니[47]" 하고 알랑쇠가 놀리는 사이에 낚싯줄이 거의 올라와 한 길 정도만 물 속에 잠겨있었다. 뱃전에서 들여다보니 줄무늬가 박혀있는 물고기가 줄에 걸려 이리저리 요동치며 당기는 대로 딸려 왔다. 재밌다! 물 위로 들어올릴 때 철버덕 하고 퍼덕이는 바람에 얼굴에 바닷물을 뒤집어썼다. 겨우 붙잡기는 했지만 바늘을 빼는 일도 쉽지 않았다. 물고기를 잡은 손이 미끈거렸다. 무척 기분 나빴다. 성가시길래 낚싯줄을 휘둘러 바닥에 패대기쳤더니 물고기가 단번에 죽어버렸다. 빨강셔츠와 알랑쇠가 놀라 나를 쳐다보았다. 바닷물에 손을 담가 철벅철벅 씻은 다음 코끝에 대보았다. 여전히 비린내가 났다. 머리가 지끈거렸다. 이젠 뭐가 잡혀도 손으로 물고기를 만지지 않겠다. 물고기도 내가 만지는 것을 싫어할 것이다. 나는 낚싯줄을 둘둘 감아버렸다.

---

47 논어에 나오는 후생가외(後生可畏)를 빗댄 말.

"일착으로 잡긴 잡았지만 그게 고루키[48]여서야 원……" 하고 알랑쇠가 또 염장 지르는 소리를 했다.

"고루키라면 러시아 문학자 이름[49] 아닌가"하고 빨강셔츠가 잘난 척 했다.

"그러게요, 러시아 문학자네요"하고 알랑쇠가 얼른 맞장구쳤다.

고루키가 러시아 문학자라면 마루키[50]는 시바의 사진사고, 고메노나루키[51]는 우리 목숨을 부지시켜주는 양식이다. 하여간 이 빨강셔츠에게는 나쁜 버릇이 있다. 아무나 붙잡고 영어로 된 서양사람 이름을 들먹이고 싶어 안달이다. 모름지기 사람에게는 저마다의 전문 분야가 있는 법이다. 나 같은 수학 선생이 고루킨지 샤리킨[52]지 알 게 뭔가, 조금은 남의 입장도 헤아려

---

48 용치놀래기.

49 Gorkii Maksim(1868~1936).

50 丸木利陽: 일본인 최초로 도쿄 시바(芝)에 사진관을 만들어 운영한 사람. '키'자 돌림으로 사용한 말.

51 米のなる木(쌀이 나는 나무, 즉 벼라는 뜻으로 여기서는 '키' 자 돌림으로 사용한 말).

52 車力(수레를 끄는 화물 운반 업자. '키'자 돌림으로 사용한 말).

야지. 굳이 말하고 싶으면 『프랭클린 자서전』[53]이나 『푸싱 투 더 프론트』[54]처럼 나 같은 사람도 알 만한 말을 해야 할 것이 아닌가. 빨강셔츠는 이따금 제국문학[55]인지 뭔지 하는 빨간 잡지를 학교로 가져와 황송하다는 듯 읽는다. 멧돼지에게 물어보았더니 빨강셔츠가 쓰는 영어는 전부 그 잡지에서 나온 거란다. 제국문학도 참 죄 많은 잡지다.

그 뒤로도 빨강셔츠와 알랑쇠는 열심히 낚시를 해서 얼추 한 시간 동안에 열댓 마리쯤 잡았다. 그날은 우습게도 잡히는 족족 하나같이 고루키뿐이었다. 도미 같은 것은 눈을 씻고 봐도 없었다. 빨강셔츠가 "오늘은 러시아 문학이 풍년일세" 하고 알랑쇠에게 말을 건네니 알랑쇠는 "교감 선생님 실력으로도 고루키가 올라오니 제가 별 수 있겠어요, 저도 고루키지요" 하

---

53 벤자민 플랭클린(1706~1790)의 자서전이 당시의 중학교 교과서에 실려있었음.
54 오리슨 스윗 마든(1850~1924)의 저서 'Pushing to the front'가 당시의 중학교 교과서에 실려 있었음.
55 도쿄제국대학 문과대학 기관지(1895년 창간).

고 말을 받았다. 사공에게 물으니 이 물고기는 작은 데다 가시가 많고 맛이 없어서 먹지는 못하고 거름으로는 쓸 수 있단다. 빨강셔츠와 알랑쇠는 오늘 열심히 거름을 낚고 있는 중이다. 아이구 불쌍해라. 나는 한 마리로 넌덜머리가 나서 아까부터 뱃전에 드러누워 하늘을 바라보고 있었다. 물고기를 낚는 것보다 이렇게 하고 있는 게 훨씬 멋지다.

두 사람이 작은 소리로 무슨 이야기를 시작했다. 내게는 잘 들리지 않았다. 듣고 싶지도 않았다. 나는 하늘을 보며 기요 생각을 했다. '내게 돈이 많아서 기요를 데리고 이렇게 좋은 곳에 놀러 오면 신나겠다. 아무리 경치가 좋아도 알랑쇠 같은 놈과 함께 있으면 짜증 나. 기요는 주름이 자글자글한 할멈이지만 어디를 데리고 가도 창피하단 생각이 안 들지. 알랑쇠 같은 놈은 마차를 타든, 배를 타든, 12층 전망탑[56]에 올라가든 절대 붙여 줘서는 안될 놈이야. 만약 내가 교

---

56 원문은 凌雲閣(도쿄 아사쿠사에 있던 12층 전망탑. 도쿄 최초의 고층 건물로 1890년 건립, 1923년 관동대지진 때 철거)임.

감이고 빨강셔츠가 나라고 쳐봐, 그때도 보나마나 내게 들러붙어 아첨을 떨고 빨강셔츠를 골려 먹겠지. 도쿄 토박이는 경박하다고 말들을 하는데 그럴 만도 해. 이런 녀석이 시골에 돌아다니면서 '내가 도쿄 사람이오' 하고 나발불고 다니니 시골사람들이 경박이 에도 사람이고 에도 사람이 곧 경박이라고 손가락질 할 게 뻔하지······.' 이런 생각을 하고 있는데 둘이 키득키득 웃기 시작했다. 웃음소리 사이로 둘이 하는 말이 띄엄띄엄 들려왔다.

"뭐? 어쩐지······."

"······아이구 참······뭘 모르니까요.······잘못했지요."

"설마······."

"메뚜기를······진짜예요."

다른 말은 대충 흘려 들었지만 메뚜기라는 말이 들리자 나도 모르게 움찔했다. 왜 그런지 알랑쇠는 메뚜기가 나오는 대목만 내게 잘 들리도록 또박또박 말하고 그 다음 말은 어물어물 흐려버렸다. 나는 귀를 쫑긋 세우고 다음 말을 기다렸다.

"또, 그 훗타가……"

"그럴지도 몰……"

"국수……아하하하"

"……부추켜서……"

"경단도?"

이렇게 드문드문 대화 내용이 들리는데 메뚜기니 국수니 경단이니 하는 말로 짐작하건대 분명 내 뒷말을 하는 것 같다. 대화를 하려거든 더 큰 소리로 할 일이고, 비밀 이야기를 하려거든 나를 부르거나 말 일이다. 에이 못된 인간들. 메뚜기건 꼴뚜기건 하여간 나는 잘못한 것이 없다. 교장이 일단 자기에게 맡겨달라고 했으니 너구리의 얼굴을 봐서 지금은 지켜보고 있는 중이다. 알랑쇠 주제에 이러쿵저러쿵 왜 쓸데없는 참견을 하나, 붓이나 쪽쪽 빨면서 구석에 처박혀 있을 것이지. 죽이 되든 밥이 되든 내 문제는 내가 알아서 처리하면 그걸로 그만인데 '또, 그 훗타가……'라든지, '부추켜서'라든지 하는 대목이 신경 쓰였다. 훗타가 나를 꼬드겨서 소동을 크게 만들었다는 말인지, 아

니면 훗타가 학생을 부추겨서 나를 골탕 먹였다는 말
인지 갈피를 못 잡겠다.

　파란 하늘을 올려 보고 있으려니 햇볕이 차츰 수그
러들며 살짝 서늘한 바람이 불어왔다. 향불 연기 같은
구름이 투명한 바다 위로 소리 없이 뻗어가나 싶더니
어느 틈에 바닷속 깊숙이 흘러들어 엷은 구름을 드리
운 것처럼 보였다.

　"그만 갈까?" 하고 빨강셔츠가 생각났다는 듯이 말
을 꺼내자 "그러시지요. 마침 시간이 됐네요. 오늘 밤
에 마돈나님 만나세요?" 하고 알랑쇠가 물었다. "어
허 쓸데없는 소릴, ……자고 있는 녀석, 들을라." "에
헤헤헤 괜찮아요. 들어봤자……" 하고 알랑쇠가 나를
돌아보는 순간, 나는 눈을 접시만 하게 부릅뜨고 알랑
쇠의 뒤통수를 뚫어져라 쏘아보고 있었다. 알랑쇠가
눈부셔 나자빠지는 듯한 흉내를 내고는 "아이구 항
복, 항복" 하며 목을 움츠리며 머리를 긁적였다. 이런
건방진 자식을 봤나.

　배는 잔잔한 바다를 지나 해안으로 돌아가고 있었

다. 빨강셔츠가 나에게 낚시를 별로 좋아하지 않는 것 같다고 하기에 "그래요, 저는 누워서 하늘을 보는 게 더 좋아요"라고 대답했다. 피우던 담배를 바다에 던졌더니 "치잇" 하는 소리를 내고는 노가 가르는 물결 위에 둥둥 떠서 이리저리 흔들렸다.

"자네가 와서 학생들도 아주 좋아하고 있으니 분발해서 열심히 하게" 하고 빨강셔츠가 이번에는 낚시와 동떨어진 이야기를 꺼냈다.

"별로 좋아하지 않던데요."

"아냐, 빈말 아닐세. 아주 좋아한다네, 그렇지? 요시카와 선생?"

"좋아하고 말고요, 아주 난리에요" 하며 알랑쇠가 히죽거렸다.

이 녀석이 하는 말은 희한하게도 입에서 나오는 족족 비위에 거슬린다.

"하지만 자네, 조심하지 않으면 위험해" 하고 빨강셔츠가 말하기에 "어차피 위험합니다. 이제 위험은 각오하고 있어요" 하고 받았다.

실제로 나는 내가 학교를 그만두든지 기숙사 녀석들을 싹싹 빌게 만들든지 둘 중 하나로 밀어붙일 생각이었다.

"그렇게까지 말하면 내가 할 말이 없지만, 실은 나도 교감으로서 자네를 생각해서 하는 말일세. 나쁘게 받아들이지 말게."

"교감 선생님께서는 선생님을 진짜 좋게 보고 계세요. 나도 같은 도쿄 토박이니 가급적 우리 학교에 오래 계시라고 미약하나마 뒤에서 이렇게 애를 쓰고 있잖아요" 하고 알랑쇠가 모처럼 인간다운 말을 했다.

에라, 알랑쇠에게 신세를 질 바에는 차라리 목을 매고 죽어버리겠다.

"그런데 말일세, 학생들은 자네가 온 것을 매우 환영하기는 하는데 거기에는 또 여러 가지 사정이 있다네. 그러니 자네도 화 나는 일이 있겠지만 그러려니 하고 꾹 참아주게. 절대 자네에게 해가 되는 일은 아니니 말이야."

"여러 가지 사정이라니, 무슨 사정요?"

"그게 좀 복잡한데, 하여간 차차 알게 되네. 내가 말 안 해도 자연히 알게 되지, 안 그런가? 요시카와 선생?"

"그럼요, 하도 복잡해서 하루 이틀로는 절대 몰라요. 하지만 차차 알게 돼요. 내가 말 안 해도 자연히 알게 돼요" 하고 빨강셔츠가 한 말을 알랑쇠가 따라했다.

"그런 말 못할 사정이라면 듣지 않아도 되지만 교감 선생님이 먼저 말을 꺼냈으니 여쭙는 겁니다."

"아, 그런가? 내가 말을 꺼내 놓고 내가 말을 잘라서야 무책임했구먼. 그럼 이것만 말해 둠세. 자네, 실례지만, 학교를 갓 졸업하고 교사는 처음……경험하는 거지? 하지만 학교란 곳은 다 속사정이 있어서 서생들에게 담백하게만 통하지는 않는단 말일세."

"담백하게 안 통하면 어떤 식으로 통하는데요?"

"이거 원, 자네는 그렇게 솔직해 버리니 아직 경험이 부족하단 건데……."

"어차피 경험이야 부족하지요. 이력서에도 썼지만

23년 4개월이라니까요."

"거봐, 그렇게 생각지 않은 데를 파고들거든."

"정직하게 살면 누가 파고들어도 안 무서워요."

"물론 무섭진 않지, 무섭진 않지만 파고든다니까. 실제로 선생의 전임자가 당했기 때문에 조심하라고 하는 거예요."

알랑쇠가 조용해진 것 같아서 뒤를 돌아보니 어느새 고물 쪽에서 사공과 낚시 이야기를 하고 있다. 알랑쇠가 없으니 이야기가 한결 편해졌다.

"내 전임자를 누가 파고들었는데요?"

"누구라고 하면 그 사람의 명예가 걸린 문제니 말 못하네. 또 명확한 증거도 없이 말을 하면 내 허물이 되잖나. 어쨌든 모처럼 자네가 왔는데 여기서 잘못되면 우리도 자네를 부른 보람이 없어져. 모쪼록 조심하게."

"조심하라고 한들, 더 이상 어떻게 조심해요? 나쁜 짓만 안 하면 되겠지요."

빨강셔츠가 호호호 웃었다. 내가 달리 웃음을 살 만

한 말을 한 적이 없건만……. 오늘 이 자리에 서기까지 이렇게 살면 되는 거라고 굳게 믿어왔다. 가만 보니 세상 사람들이 나보고 악해지라고 부추기는 것 같다. 악해지지 않으면 사회에서 성공하지 못한다고 믿고 있는 것 같다. 어쩌다 정직하고 순수한 사람을 보면 도련님이라는 둥, 애송이라는 둥 트집을 잡아 경멸한다. 그러려면 소학교나 중학교에서 거짓말 하지 마라, 정직해라 하고 윤리선생이 가르치지나 말 일이다. 아예 처음부터 학교에서 거짓말 하는 법이나 사람을 믿지 않는 기술이나 남의 약점 찾아내는 요령을 가르치는 것이 세상을 위하고 당사자도 위하는 길이다. 빨강셔츠가 호호호 웃은 것은 나의 단순함을 웃은 것이다. 단순하고 솔직하면 웃음거리가 되는 세상이로구나. 기요는 이럴 때 절대 웃지 않았다. 크게 감탄하며 들었다. 기요가 빨강셔츠보다 훨씬 고결하다.

"물론 나쁜 짓을 안 하면 좋지만, 내가 나쁜 짓을 안 한다고 해도 남이 나쁜 지를 몰라서는 결국 뜨거운 맛을 보는 거네. 세상에는 호탕해 보여도, 시원시원해 보여도, 친절하게 하숙집 같은 걸 얻어주어도 절대로 방심해선 안 될 사람이 있으니까 말이지. 어, 꽤 쌀쌀해졌네. 벌써 가을이야. 저기 해변은 안개가 끼어서 세피아색이구먼. 경치 좋다. 이봐 요시카와, 어때 저기 좀 봐" 하고 큰 소리로 알랑쇠를 불렀다.

"으아아, 기가 막히네요. 시간이 있으면 스케치할 텐데 아깝네요, 그냥 두고 가다니" 하고 알랑쇠가 어지간히 이름값을 했다.

항구집 여관 2층에 불이 하나 들어오고 기차에서 기적소리가 "삐액" 하고 울릴 때 우리를 태운 배가 해변 모래에 뱃머리를 푹 파묻고 멈춰 섰다. "일찍 오셨네요." 여주인이 바닷가에 서서 빨강셔츠에게 인사했다. 나는 뱃전에서 "영차" 하고 땅으로 뛰어내렸다.

6

징계회의

알랑쇠는 정말 싫다. 이런 놈은 단무지 누르는 돌에 매달아 바닷속에 던져버리는 게 나라를 위한 길이다. 빨강셔츠는 목소리가 마음에 들지 않는다. 일부러 목에 힘을 주어 그런 간드러진 소리를 내고 있을 것이다. 목소리가 아무리 간드러져도 얼굴이 그래서야 꽝이다. 걸려든 여자가 있어 봤자 고작 마돈나 정도겠지. 그래도 명색이 교감이니만큼 알랑쇠보다 어려운 말을 쓴다. 집에 와서 그 작자가 한 말을 생각해보니 일견 일리가 있어 보이기도 했다. 콕 짚어 말을 하지 않으니 확실치는 않지만 아무래도 멧돼지가 좋지 않은 사람이니 조심하라는 의미인 것 같았다. 그러면 그렇다고 확실히 말할 것이지 사내답지도 못하기는……. 그리고, 그렇게 나쁜 교사라면 빨리 파면시키는 게 좋겠다. 교감은 문학사라면서 강단도 없다. 남의 말을 하면서 이름 하나 제대로 못 대는 걸 보니 보나마나 겁쟁이다. 겁쟁이는 원래 친절한 법이니 이 빨강셔츠도 여자처럼 친절한 것이다. 하지만 친절은 친절이고 목소리는 목소리다. 목소리가 마음에 안 든다고 친절을 무효로 해서는 사리에 어긋나겠다. 그렇긴 해도 세상 참 요지경 속이다. 마음에 안 드는 작자는 친절하고, 배짱이 맞는 친구는 악당이라니 사람 답답해 죽겠다. 시골이라서 모든 게 도쿄와 반대로 돌아가나 보다. 무서운 곳이다. 당장에라도 불이 얼어붙고 돌이 두부로 변할지 모른다. 하지만 멧돼지, 그 멧돼지가 학생을 선동하다니, 장난 칠 사람 같지 않던데……. 가장 덕망 있는 교사라고 하니 마음만 먹으면 웬만한 건 할 수도 있겠지. 하지만 그렇게 빙빙 에둘러대지 말고 나를 불러 한바탕 붙자고 하면 일이 간단할 터이다. 내가 방해가 된다면 '사실 이러저러하다,

걸리적거리니 사표를 내달라'고 한마디 하면 될 일이다. 세상살이는 말로 풀지 못할 것이 없다. 상대가 하는 말에 일리가 있으면 나는 내일이라도 사표를 쓰겠다. 쌀이 여기에만 나는 것도 아니다. 땅끝 어디에 간들 설마 길거리에서 굶어 죽기야 하겠는가? 멧돼지도 어지간히 꽉 막힌 녀석이다.

이곳에 왔을 때 가장 먼저 빙수를 사준 게 멧돼지인데 이렇게 표리가 부동한 녀석에게 빙수를 얻어먹어서는 체면이 안 선다. 나는 한 그릇만 먹었으니 1전 5리어치 얻어먹었다. 하지만 1전이든 5리든 사기꾼 덕을 봐서는 죽을 때까지 마음이 편치 않을 것 같다. 내일 학교에 가면 1전 5리를 돌려줘야겠다. 내가 기요에게 3엔 빌린 적이 있는데, 그 3엔을 5년이 지난 오늘까지 갚지 않았다. 못 갚은 게 아니다. 안 갚았다. 기요는 내 호주머니 사정이 좋아지면 갚겠지 하는 생각은 꿈속에도 하지 않을 것이다. 나 또한 남 대하듯 서둘러 갚을 생각은 하지 않는다. 내가 갚을 걱정을 하면 할수록 그만큼 기요의 마음을 믿지 못한다는 이야기가 되니 결국 기요의 고운 마음씨에 상처를 내는 격이다. 돈을 갚지 않은 것은 기요를 무시해서가 아니라 기요를 나의 일부로 생각하기 때문이다. 애초부터 기요와 멧돼지는 비교할 대상이 아니지만, 설령 그게 빙수가 됐든 감차가 됐든 누구에게 대접을 받고 나서 가만히 있는 것은 내가 그 사람을 어엿한 상대로 본다는, 그 사람에 대한 후의에서 비롯된 처사다. 각자 나눠서 돈을 내면 그걸로 끝이겠지만 마음으로 느끼는 고마움과 입은 은혜는 돈으로 살 수 있는 것이 아니다. 나는 지위도 낮고 감투도 없지만 어엿한 어른이다. 어엿한 어른이 머리를 숙인다는 것은 억만금보다 더 귀한 예의를 갖춘다는 뜻이 아니겠는가. 내가 멧돼지에게 1전 5리를 쓰게 만들었으니 나로서는 억만금보다 더 귀한 답례를 한 셈이다. 응당 멧돼지가 고마워해야 한다. 이런 판국에 비겁하게 뒤통수를 치다니 멧돼지도 쩨쩨하기 한량없는 놈이다. 내일 가서 1전 5리를 돌려줘 버리면 이제 줄 것도 없고 받을 것도 없어진다. 그렇게 해놓고 한번 붙어야겠다.

여기까지 생각하다 졸려서 쿨쿨 잤다. 이튿날은 작
정을 하고 평소보다 일찍 학교에 출근해서 멧돼지를
기다렸다. 그런데 멧돼지가 좀처럼 나타나지 않는다.
끝물이 들어왔다. 한문 선생이 들어왔다. 알랑쇠가 들
어왔다. 급기야 빨강셔츠까지 왔는데도 멧돼지 자리
는 책상 위에 백묵 하나만 달랑 세워져 있을 뿐 휑하
게 비어있다. 나는 교무실에 들어가자마자 즉시 돌려
줄 작정으로 집을 나설 때부터 목욕비처럼 1전 5리를
손에 움켜쥐고 학교까지 왔다. 내가 손에 땀이 많이
나는 편이라 학교에 와서 보니 1전 5리가 땀을 줄줄
흘리고 있었다. 땀 흘리는 돈을 주면 멧돼지가 뭐라
고 할 것 같아서 책상 위에 놓고 후후 불었다가 다시
쥐었다. 그러고 있는데 빨강셔츠가 다가와서 말했다.
"어제는 미안, 내가 쓸데없는 소리를 했지요?" 나는
아니다, 쓸데없지 않다, 덕분에 배가 고팠다고 대답했
다. 그러자 빨강셔츠가 멧돼지의 책상에 팔꿈치를 짚
고 그 함지박만한 얼굴을 내 코 옆으로 가져오길래 왜
그러나 했더니 "어제 배 타고 올 때 내가 한 말은 비

징계회의 121

밀로 해주게. 아직 아무에게도 말 안 했지?" 하고 물었다. 여자 목소리를 내느니만큼 걱정이 많은 사내인 것 같다. 말하지 않은 건 맞다. 하지만 지금부터 말할 작정으로 이미 1전 5리를 손에 들고 온 참인데 여기서 빨강셔츠에게 재갈을 물려서야 조금 곤란하다. 빨강셔츠도 그렇다. 멧돼지라고 이름을 대지는 않았어도 그렇게나 답이 뻔한 수수께끼를 내놓더니 이제 와서 수수께끼를 풀면 민폐라고 하는 건 교감답지 못한 무책임한 행동이다. 원래 같으면 내가 멧돼지와 전쟁을 시작하여 격전을 벌이고 있는 싸움터 한복판에 썩 나서서 보란 듯이 내 편을 들어주어야 한다. 그래야 일개 학교의 교감으로서 빨간 셔츠를 입는 명분도 서지 않겠는가.

내가 교감을 쳐다보며 아직 아무에게도 말하지 않았지만 지금부터 멧돼지와 담판을 지으려고 한다고 했더니 빨강셔츠는 낭패하여 어쩔 줄 몰라 했다.

그러면서 "여보게, 그렇게 막가면 안 돼, 내가 홋타 선생이라고 꼭 집어 말한 것도 아니잖나. 자네가 지금

소란을 피우면 내가 아주 난처해져. 자네, 이 학교에 소동을 일으키러 온 건 아니겠지?"라고 묘하게 상식에서 벗어난 질문을 했다.

"그럼요, 월급을 받거나 소동을 일으키거나 하면 학교가 힘들지요."

그랬더니 빨강셔츠가 "그럼 어제 일은 자네가 참고로만 하고 입 밖에는 내지 말게" 하고 땀을 흘리며 부탁했다.

"알겠습니다. 내키진 않지만 교감 선생님께서 그렇게 난처하시다니 그만두겠습니다."

그렇게까지 말했는데도 빨강셔츠는 재차 다짐을 받으려 했다. "걱정 안 해도 되는 거지?"

도대체 어디까지 여자인지 끝을 모르겠다. 문학사란 자들이 모두 이 정도라면 정말 별것도 아니다. 앞뒤가 맞지 않고 논리도 안 서는 것을 주문해 놓고도 태연자약하지 않은가. 게다가 이 몸을 의심하다니……. 이래 봬도 남자다. 한번 말을 뱉어놓고 돌아서서 딴소리 할 야비한 심보는 아니다.

그러다가 양쪽 책상 주인들이 출근하는 바람에 빨강셔츠는 부랴부랴 자기 자리로 돌아갔다. 빨강셔츠는 걸음걸이부터 점잔을 뺀다. 교무실에서 걸어 다닐 때도 발소리가 나지 않게 신발 바닥을 살살 내려놓는다. 소리 안 내고 걷는 것이 자랑거리가 되는 줄을 이 학교에서 처음 알았다. 도둑질 연습도 아닐진대 무엇이든 자연스러운 게 좋지 않겠나. 그러다 수업 시작 나팔이 울렸다. 멧돼지는 끝까지 나타나지 않았다. 도리 없이 1전 5리를 책상 위에 올려놓고 교실로 향했다.

1교시 수업을 조금 늦게 마치고 교무실에 왔더니 다른 교사들은 모두 자리에 앉아 잡담을 나누고 있었다. 언제 왔는지 멧돼지도 있었다. 결근인가 했더니 지각이었다. 나를 보더니 오늘 나 때문에 지각했으니 벌금을 내라고 했다.

내가 "이거 가져가, 지난번 시내에서 얻어먹은 빙수 값이야"하고 책상에 올려놓은 1전 5리를 멧돼지 앞으로 밀었다. 멧돼지가 처음에는 무슨 소리냐며 피식 웃었지만 내가 정색을 하고 있으니 괜한 농담 하지 말라며 돈을 내 쪽으로 도로 밀었다. 이것 봐라, 끝에 끝까지 자기가 낼 심산이군.

"농담 아니라 정말이다. 내가 너에게 빙수 얻어먹을 인연이 아니라서 돌려준다. 어서 받아라."

"1전 5리가 그렇게 신경 쓰인다면 받겠지만, 뜬금없이 왜 지금 주냐."

"지금이든 나중이든 무슨 상관이냐. 얻어먹기 싫어서 돌려주겠다는데."

멧돼지가 나를 싸늘하게 바라보며 콧방귀를 뀌었다. 빨강셔츠의 당부가 없었더라면 이 자리에서 멧돼지의 비겁함을 까발리고 대판 싸우겠지만 입 밖에 내지 않겠다고 약속한 터라 그렇게도 못했다. 사람이 이렇게 열 받아 있는데 어디에 대고 콧방귀질을……

"빙수 값은 받을 테니 하숙집에서 나가라."

"1전 5리를 받으면 그걸로 끝이지, 하숙집을 나가고 말고는 내 맘이다."

"천만에, 그렇게는 안 돼. 어제 하숙집 주인이 찾아와서 너를 내보내겠다고 하기에 이유를 물었더니 주인 하는 말에 일리가 있더라. 그래도 한 번 더 확인하려고 아침에 그 집에 들러 자세한 이야기를 듣고 온 참이다."

나는 멧돼지가 하는 말을 도통 알아들을 수 없었다.

"주인이 너한테 무슨 소리를 했는지 내가 알 게 뭐야. 혼자 멋대로 정해놓고 뭘 어쩌란 말이냐. 이유가 있으면 이유를 밝히는 게 순서다. 덮어놓고 주인 말만 옳다니, 어디에 대고 하는 소리야."

"그래? 그렇다면 알려주지. 네가 못돼 먹어서 그 집에서 처치 곤란이라더라. 아무리 하숙집 아주머니라도 식모랑은 다르다. 발을 씻으라고 하다니, 아주 기고만장을 했구나."

"내가 언제 발을 씻겼는데?"

"씻겼는지 어쩐지는 몰라도 하여간 그 집에선 너 때문에 힘들단다. 하숙비 10엔이나 15엔쯤은 족자 하나 팔면 떨어진다더라."

"개 풀 뜯어먹는 소리 하고 있네. 그럼 왜 들였어?"

"왜 들였는지 내가 어떻게 알아. 들이기는 들였어

도 싫어졌으니 나가라는 거 아니냐. 나가."

"알았다, 나간다. 있어 달라고 빌어도 못 있겠다. 이렇게 생트집을 잡는 집에 다리를 놓은 너부터가 글러 먹었다."

"내가 글러 먹었거나 네가 개차반이거나, 둘 중 하나겠지."

멧돼지도 나 못지않게 성격이 불 같아서 소리를 버럭 질렀다. 교무실에 있던 사람들이 무슨 일이 일어난 줄 알고 고개를 쳐들어 우리 둘을 쳐다보았다. 나는 달리 부끄러운 짓을 한 기억이 없으니 의자에서 일어나면서 교무실 사람들을 한차례 휘 둘러봐줬다. 모두 놀라는데 알랑쇠만은 재미있다는 듯 웃고 있었다. 내 커다란 눈이 네놈도 한번 붙어보겠냐며 조롱박 면상에 광선을 내뿜었더니 알랑쇠 얼굴이 금세 샌님처럼 변하며 다소곳해졌다. 조금 무서웠을 것이다. 그때 나팔이 울렸다. 멧돼지와 나는 싸움을 멈추고 교무실을 나섰다.

오후에는 일전에 내게 무례를 범한 기숙사생들을 징계하는 회의가 열렸다. 징계회의라는 것이 난생 처음이라 잘 모르겠지만 교직원들이 와글와글 모여 저마다 그럴듯한 말을 한마디씩 하면 교장이 적당히 정리하는 것이겠지. 정리라는 낱말은 흑백을 가르기 어려운 사안에 쓰는 용어다. 이번 사안처럼 누가 봐도 망나니 짓이랄 수밖에 없는 일을 회의에 부친다는 것 자체가 시간 낭비다. 누가 뭐라고 해명을 한들 이견이 있을 턱이 없다. 이토록 명백한 사안은 교장이 즉석에서 처분을 내렸어야 했다. 어지간히도 결단력이 없다. 교장이란 사람도 이제 보니 별것 아니다, 꾸물대는 굼벵이의 또 다른 이름일 뿐이다.

회의실은 교장실 옆에 있는 좁고 긴 방인데 평소에는 식당으로 사용하는 곳이다. 검은 가죽을 씌운 의자 스무 개 남짓이 기다란 테이블 주위에 놓여있어 간다에 있는 서양요리점쯤 되어 보인다. 그 테이블 끝에 교장이 앉고 교장 옆에 빨강셔츠가 자리 잡았다. 나머지는 아무 데나 앉는다는데 체육 선생만큼은 항상 끝자리에 공손하게 앉는다고 한다. 나는 분위기를 잘 모르니 과학 선생과 한문 선생 사이에 비집고 앉았다. 테이블 건너편을 보니 멧돼지와 알랑쇠가 나란히 앉아있다. 알랑쇠 얼굴은 아무리 보아도 열등하게 생겼다. 싸우고는 있지만 멧돼지 쪽이 훨씬 기품 있다. 아버지 장례식 때 고히나타(小日向)의 요겐지[57] 절 법당에 걸려있던 족자 그림이 꼭 저렇게 생겼다. 스님에게 물어보았더니 위태천이라는 괴물이라고 했다. 그 위태천이 오늘은 화나서 눈알을 빙그르르 굴려가며 한 번씩 이쪽을 쳐다본다. 그 정도로 겁먹을 쏘냐며 나도 지지 않고 눈을 부라려 멧돼지를 노려보았다. 내 눈은 생긴 건 별로지만 크기로 치면 어지간한 사람 못지않다. 나더러 눈이 커서 배우가 되면 잘 어울릴 거라고 기요가 몇 번이나 말했을 정도다.

"그럼 다들 모이셨나요?" 하고 교장이 운을 떼니 서기를 맡은 가와무라 선생이 "하나아, 두울" 하고 머

---

57 養源寺(東京 文京区에 있는 절 이름. 여기에서는 주인공 집안의 위패를 봉안하는 절로 설정하였음).

릿수를 헤아리기 시작했다. 한 사람이 없다. 왠지 한 사람이 안 보인다 싶었는데 아니나 다를까 끝물이 안 왔다. 끝물 선생과 내가 전생에 무슨 인연이 있었는지 몰라도 한 번 보고 난 뒤로 그 사람의 얼굴이 잊혀지지 않는다. 교무실에 들어서면 금세 끝물 선생이 눈에 들어오고, 길을 걷다가도 끝물 선생의 모습이 떠오른다. 온천에 가서 보면 끝물 선생이 해쓱한 얼굴로 탕 안에 팅팅 불어 앉아있다. 인사를 건네면 "예, 예" 하고 황송해하며 머리를 조아리니 안쓰럽다. 이 학교에 끝물 선생만큼 점잖은 사람은 없다. 좀처럼 웃지도 않고 불필요한 말도 안 한다. 나는 '君子'라는 말을 책에서 알았는데, 이 말이 사전에나 나오지 살아 있는 실물은 없는 줄 알았다가 끝물을 만나고 나서야 비로소 실체가 있는 문자였음을 알고 탄복했을 정도다.

　이렇게 마음 가는 사람이다 보니 회의실에 들어서자마자 끝물 선생이 없다는 것이 금방 표시 났다. 사실은 이 친구 옆에라도 앉을까 하고 은근히 기대했었다. 교장은 "곧 오시겠지요" 하며 자기 앞에 놓인 보라색 비단보를 풀어 등사물 같은 것을 읽고 있다. 빨강셔츠는 비단손수건으로 호박 담배파이프를 닦기 시작했다. 이 사람은 이것이 취미다. 하는 짓이 꼭 빨강셔츠다. 다른 이들은 옆 사람과 소곤소곤 사사로운 이야기를 나누고 있었다. 무료한 작자들은 연필 꽁지에 붙어 있는 지우개로 테이블 위에 뭔가 끼적대고 있다. 이따금 알랑쇠가 멧돼지에게 말을 거는데 멧돼지는 일절 대꾸를 하지 않았다. 그저 건성으로 응, 어 소리만 내며 수시로 나를 사납게 쳐다보았다. 나도 질세라 째려주었다.

그러던 중에 기다리던 끝물이 불쌍하게 들어오면서 "일이 좀 있어서 늦었습니다" 하고 너구리에게 정중히 인사했다. "그럼 회의를 시작하지요" 하고 너구리가 서기 선생에게 등사물을 배포하라고 했다. 등사물을 받아보니 맨 처음이 징계 건이고 다음이 학생규율단속 건, 그밖에 두어 가지 건이 더 있다. 너구리가 여느 때처럼 점잔 빼며 마치 교육의 화신이라도 되는 양 이런 말을 했다.

"교직원이나 학생에 과오가 발생한 것은 모두 내가 부덕한 소치이니 무슨 사건이 일어날 때마다 자신이 교장 노릇을 제대로 하고 있는 것인지 남 모르게 참괴(慙愧)의 염을 견디기 어려운 터에, 불행히도 금번에 또 이런 소동이 일어나 여러분에게 깊이 사죄하는 바이오. 허나 일단 일어난 이상은 도리 없이 처벌해야만 한다는 사실은 이미 여러분이 주지하는 바와 같으니 후속 대책에 대해 허심탄회한 의견을 말씀해주시오."

역시나 교장이자 너구리이신 분이라 말씀도 훌륭하시다. 저렇게 모든 일이 자기 허물이고 자기 부덕 탓인데다 자기가 모든 일에 책임을 지겠다고 했으니 학생 징계하는 것은 그만두고 교장이 사표를 내면 좋겠다. 그러면 이렇게 번거롭게 회의 같은 걸 열지 않아도 된다. 이 사안은 상식에 비추어 보아도 알 만한 일이다. 내가 점잖게 숙직을 섰다. 학생들이 난동을 부렸다. 나쁜 건 교장도 아니고 나도 아니다, 학생밖에 더 있겠는가. 만약 멧돼지가 선동한 것이라면 학생과 멧돼지를 쫓아내면 그걸로 끝이다. 남의 엉덩이를 등에 짊어지고 내 엉덩이라고 동네방네 나발 불고 다니는 놈이 세상 어디에 있을꼬. 너구리 아니고서야 못 부릴 재주다. 너구리는 이렇게 조리에 맞지 않는 논리를 늘어놓고 의기양양하게 일동을 둘러보았다. 그런데 입을 여는 사람이 아무도 없다. 과학 선생은 1관 교사의 지붕에 앉아있는 까마귀만 보고 있다. 한문 선생은 등사물을 접었다 폈다 한다. 멧돼지는 아직도 내 얼굴을 노려보고 있다. 회의가 고작 이런 것이라면 나오지 말고 낮잠이라도 자는 편이 낫겠다.

내가 답답해서 한마디 하려고 의자에서 엉덩이를 반쯤 들어올렸는데 빨강셔츠가 무슨 말을 꺼내기에 도로 앉았다. 앉아서 보니 벌써 담배파이프는 집어넣었고, 줄무늬가 새겨진 비단손수건으로 얼굴을 닦으며 무슨 말을 하고 있다. 저 손수건은 보나마나 마돈나에게 알겨낸 게 분명하다. 남자는 하얀 모시를 쓰는 법이다.

"저도 기숙사생들의 난동을 듣고 교감으로서 부족함을 절감하고, 또한 평소의 제 덕이 청년들에게 미치지 못한 점을 심히 부끄럽게 여기는 바입니다. 허나 이런 일은 어딘가가 잘못되어서 일어나는 것으로, 사건 자체를 놓고 보면 얼핏 학생만 나쁜 것처럼 보이지만 진상을 잘 살펴보면 오히려 학교에 책임이 있을지도 모릅니다. 따라서 표면적으로 드러난 것만 가지고 엄하게 처벌을 해서는 되려 학생들의 장래를 위해 바람직하지 않을 것으로 사료됩니다. 또한 우리 학생들은 혈기가 왕성하다 보니 기운이 넘쳐 선악을 가리지 못하고 무의식적으로 이런 장난을 저지르는 경우가 없다고도 말 못합니다. 따라서, 처분은 원래 교장 선생님의 의중 여하에 달린 일이니 제가 참견할 바는 아니지만, 부디 이런 정황을 참작하셔서 가급적 관대하게 조처하시기 바라는 바입니다."

역시, 너구리도 너구리지만 빨강셔츠도 빨강셔츠다. 학생이 날뛴 것은 학생이 나빠서가 아니라 교사가 나빠서라고 공언하고 있다. 미친 사람이 남의 머리를 냅다 후려쳤는데, 그건 얻어맞는 사람이 나쁘기 때문에 미친 사람이 때리는 것이란다. 참 복도 많을지어다. 활기가 넘쳐 갑갑하거든 운동장에 나가 스모라도 할 일이지 어째서 무의식적으로 이불 속에 메뚜기를 집어넣는단 말인가. 이래서야 잠자는 사이에 내 목을 베어가도 무의식적이었다고 풀어줄 심산 아닌가.

생각이 여기에 미치자 뭐라도 한마디 하고 싶었다. 하지만 일어서서 말을 하려거든 사람들이 깜짝 놀라도록 거침없이 일장 연설을 해야 하거늘, 나는 화났을 때 입을 열면 두세 마디 하고 나서 말문이 막혀버리는 사람이다. 너구리나 빨강셔츠나 인물로 따지면 나보다 못났어도 말솜씨 하나는 청산유수니 어설피 말을 꺼냈다가 말꼬리 잡히면 좋을 게 없다. 복안을 좀 세워보려고 머릿속으로 문장을 지어 보았다. 그때 놀랍게도 건너편에 앉아 있던 알랑쇠가 불쑥 일어났다. 알랑쇠 주제에 의견을 내다니, 건방진 놈! 알랑쇠가 언제나처럼 실실거리며 말했다.

"실로 이번 메뚜기 사건 및 함성 사건은 우리들 뜻있는 직원들에게 우리 학교의 장래에 위구(危懼)의 염을 품도록 하기에 충분한 진사(珍事)로서, 결단코 우리 직원 일동은 이런 때에 스스로를 돌아보고 학교의 기풍을 진숙(振肅)하지 않으면 안 됩니다. 따라서 방금 교장 및 교감 선생님께서 하신 말씀은 실로 요체(要諦)를 짚은 적절한 판단으로 저는 철두철미 찬성합니다. 모쪼록 관대한 처분을 바라는 바입니다."

알랑쇠가 하는 말은 언어이기는 한데 의미가 없다. 한자만 잔뜩 늘어놓았지 무슨 말인지 모르겠다. 알아들은 건 '철두철미 찬성한다'는 구절뿐이었다.

나는 알랑쇠가 하는 말을 알아듣지 못했지만 화가 치밀어 복안도 제대로 서지 않았는데 덜컥 일어서 버렸다.

"저는 철두철미 반대입니다⋯⋯"까지 말하고 말이 턱 막혔다.

"⋯⋯그런 뚱딴지 같은 처분은 정말 싫습니다" 하고 덧붙였더니 교직원 모두가 웃음을 터뜨렸다.

"하여간 학생들이 전적으로 나쁩니다. 무조건 빌게 하지 않으면 버릇 들어요. 퇴학시켜도 되고요. ⋯⋯ 버릇없이, 새로 온 교사라고 깔보고⋯⋯"까지 말하고 착석했다.

그러자 오른쪽에 있던 과학이 "학생이 나쁘긴 하지만 너무 엄한 벌을 주거나 하면 되려 반발이 일어날 겁니다. 저도 교감께서 말씀하신 대로 관대한 쪽에 찬성입니다"라며 약한 소리를 했다. 왼쪽의 한문은 원만한 안에 찬성한다고 하고, 역사도 교감과 같은 의견이라고 했다. 이런 빌어먹을, 전부 빨강셔츠와 한통속이다. 이런 작자들이 모여 학교를 꾸려가다니 한심스럽기 짝이 없다. 나는 학생들을 사과하도록 만들든지 내가 그만 두든지 둘 중 하나였기 때문에 만약 빨강셔츠가 승리를 거둔다면 당장 하숙집으로 돌아가 짐을 꾸릴 생각이었다. 어차피 이런 족속을 말로 굴복시킬 재주도 없을뿐더러 굴복시킨다 한들 허구한 날 이런 얼굴들을 쳐다보며 지내야 할 테니 내가 먼저 사절하겠다. 이 학교만 떠나 버리면 내가 알 바 아니다. 또 무슨 말을 하면 웃을 게 뻔했다. 아무 말도 안 하고 가만히 있었다.

그러자 지금까지 잠자코 듣고만 있던 멧돼지가 자

리를 박차고 일어났다. 자식, 또 빨강셔츠에게 찬성표를 던지겠지. 어차피 네놈과는 한판 붙을 거니까 맘대로 하라며 보고 있자니 멧돼지가 유리창이 덜컹거리도록 쩌렁쩌렁한 목소리로 말했다.

"저는 교감 선생님 및 그 외 여러분의 의견에 전혀 동의하지 않습니다. 왜냐하면, 이 사건은 어떻게 보아도 50명의 기숙사생들이 신입 교사 모 씨를 업신여겨 놀려주려고 저지른 소행으로밖에 볼 수 없기 때문입니다. 교감께서는 사건의 원인을 교사의 인물 여하에서 찾으시려는 것 같은데, 외람되지만 실언하신 것 같습니다. 모 교사가 숙직을 선 것은 부임한지 얼마 안 돼서인데, 그때는 학생들을 처음 대하고 아직 20일도 채 지나지 않은 시기였습니다. 이 짧은 20일 가지고는 학생들이 당사자의 학문 정도나 인물을 평가할 수 있는 여지가 없습니다. 경멸 받을 마땅한 이유가 있어 경멸 받았다면 학생들의 행위에 정상을 참작할 이유라도 있겠지만, 뚜렷한 사유도 없이 신입 교사를 우롱한 경박한 학생들에게 관용을 베풀어서는 학교의 위신이 땅에 떨어질 것이라고 생각합니다. 교육의 정신은 그저 학문만 전해주는 게 아니라 숭고하고 정직하며 무사다운 원기를 고취시킴과 동시에 야비하고 경박하고 포만(暴慢)한 악습을 소탕하는 데 있다고 생각합니다. 만약에 반발이 무섭다는 둥, 소동이 커진다는 둥 하며 일시적인 방편만을 언급하는 날에는 이 악습이 언제 고쳐질지 알 수 없습니다. 이러한 악습을 근절시키는 것이야말로 바로 우리가 이 학교에 몸담고 있는 목적이니 이 기회를 유야무야할 바에는 애초부터 교사가 되지 말았어야 합니다. 이상의 이유로 저는 기숙사 학생 일동을 엄벌에 처함은 물론, 해당 교사의 면전에서 공개적으로 사죄의 뜻을 표명하도록 하는 것이 타당할 것으로 압니다."

그러고는 자리에 털썩 앉았다. 모두 아무 말이 없었다. 빨강셔츠가 또 파이프를 닦기 시작했다. 나는 정말 속이 후련했다. 내가 하고 싶었던 말을 멧돼지가 콕콕 찍어 말해주었다. 내가 워낙 단순한 인간이다 보니 방금 전까지 싸웠던 일을 까맣게 잊고 대단히 고맙다는 표정으로 멧돼지를 쳐다보았는데 멧돼지가 못 본 체했다.

조금 지나 멧돼지가 다시 일어났다.

"방금 깜박해서 말씀 드리지 못한 게 있습니다. 당일 밤에 숙직 교사가 숙직 중에 출타하여 온천에 다녀오셨나 보던데, 그건 있을 수 없는 일입니다. 한 학교를 책임져야 할 교사가 지켜보는 사람이 없다고 해서 온천까지 가서 목욕을 했다는 건 지극히 그릇된 처사입니다. 학생 건은 학생 건이고, 이 점에 대해서는 교장 선생님께서 당사자에게 각별한 주의를 내리시기 바랍니다."

이런 희한한 놈, 편들어 주나 했더니 막판에 남의 실수를 까발린다. 일전에 숙직이 밖으로 나다니기에 다들 그러나 보다 하고 온천까지 갔는데 막상 이야기를 듣고 보니 이건 내가 잘못했다. 공격 받아도 싸다. 그래서 내가 다시 일어나 "제가 숙직 중에 진짜 온천에 갔습니다. 잘못했습니다. 사과 드립니다" 하고 착석했더니 또 모두가 와 하고 웃었다. 내가 무슨 말만 하면 웃는다. 짜증나는 인간들. 지네들은 잘못한 걸 이렇게 대놓고 잘못했다고 말할 수 있어? 그렇게 못 하니 웃는 거겠지.

그러고 나서 교장이 "이제 의견이 더 없는 것 같으니 잘 생각해 보고 처분을 내리지요" 했다. 말 나온 김에 결과를 말하자면, 기숙사생들은 일주간 외출을 금지 당하고 내 앞에 와서 사죄했다. 사죄를 안 하면 그 길로 사표 쓰고 돌아갈 참이었는데 하필 내가 말한 대로 되는 바람에 나중에 일이 더 커졌다. 그 일에 대해서는 나중에 말하겠지만, 교장은 그날 회의의 후속 조치라며 이렇게 말했다.

"학생의 풍기는 교사의 감화로 바로잡아야 합니다. 그러기 위해서, 교사는 가급적 음식점 같은 곳에 출입하지 않도록 하시오. 송별회 같은 때는 별개로 치더라도 점잖지 않은 곳에 혼자 드나드는 건 삼가시오. 예를 들어 국숫집이라든가, 경단 파는 곳이라든가……" 까지 말이 나오자 또 모두 웃었다. 알랑쇠가 멧돼지를 보고 "국수래" 하며 눈을 깜짝깜짝했지만 멧돼지가 상대해주지 않았다.

나는 뇌가 나빠 너구리가 하는 말 같은 건 잘 모르겠지만, 국숫집이나 경단 가게에 출입한다고 교사 노릇을 못 할 거라면 나 같은 먹보는 도저히 가망이 없다. 먹지 말라고 할 수도 있겠지만 그러려면 애초에 '국수와 경단을 싫어하는 자'라고 조건을 달아 사람을 채용했어야 한다. 아무 설명도 없이 덜렁 발령을 내놓고 국수는 먹지 마라, 경단도 먹지 마라 하고 죄 많은 포고문을 들이미는 것은 나처럼 달리 도락이 없는 자에게는 심대한 타격이다. 빨강셔츠가 또 입을 열었다.

"본디 중학교의 교사는 사회의 상류에 자리하는 직분이니 단순히 물질적인 쾌락만 좇아서는 아니 됩니다. 그런 데에 빠지면 종국에는 품성에 나쁜 영향을 받게 되지요. 하지만 교사도 인간인지라 뭔가 오락이 없으면 좁은 시골 땅에서는 여간 지내기 힘든 게 아니에요. 그러니 낚시를 하러 다니거나, 문학서를 읽거나, 또는 신체시나 하이쿠[58]를 짓거나 무엇이든 고상한 정신적 오락을 도모해야……."

가만히 듣고 있자니 열 받쳤다. 바다에 가서 거름을 낚거나, 고루키가 러시아 문학가가 되거나, 단골 기생이 소나무 아래에 서 있거나, 오래된 연못에 개구리 첨벙 뛰어드는 게[59] 정신적인 오락이라면 국수를 후루룩거리고 경단을 꿀떡 삼키는 것도 정신적인 오락이다. 낚시 같은 달갑잖은 오락을 가르치려 들지 말고 빨간 셔츠나 열심히 빨 것이지……. 너무 화가 나길래 한마디 쏘아붙였다. "그럼 마돈나를 만나는 것도 정신적인 오락인가요?" 그러자 이번에는 아무도 웃지 않았다. 묘한 표정으로 서로 눈빛만 주고 받았다. 빨강셔츠 당사자는 괴로운 듯 고개를 떨구었다. 어때, 한 방 먹었지? 그런데, 안쓰러운 것은 끝물 호박이었다. 내 말을 듣더니 창백하던 얼굴이 더욱더 창백해져 갔다.

---

58 俳句: 5/7/5의 3구 17음절로 된 짧은 정형시.
59 마쓰오 바쇼(松尾芭蕉·1644~1694)의 하이쿠 '古池や蛙飛び込む水の音(오랜 연못에/ 개구리 뛰어드는/ 물소리 첨벙)'를 빗댄 말.

7
마돈나

그날 밤, 나는 하숙집을 나왔다. 방에 들어가 짐을 꾸리고 있는데 하숙집 안주인이 찾아와 매달렸다. "어디 불편한 점이라도 있으셨어요? 화나신 일이 있었다면 말씀해주세요. 고칠게요" 이건 또 뭐지? 이 세상은 어째서 이렇게 요령부득인 사람만 바글거린단 말인가? 나가 달라는 건지 있어 달라는 건지 도대체 알다가도 모르겠다. 이건 미친 사람이다. 이렇게 횡설수설하는 사람을 상대로 싸워봤자 도쿄 토박이의 이름만 지저분해질 것이라서 인력거꾼을 불러다 얼른 나와버렸다.

막상 나오기는 했지만 갈 곳이 없었다. 인력거꾼이

어디로 가시겠느냐고 묻기에 곧 알게 될 테니 입다물고 따라오라 해놓고 종종걸음으로 앞장서서 걸었다. 그냥 산성집 여관으로 갈까 하다가 나중에 또 나와야 하니 그것도 번거로울 것 같았다. '이렇게 걷다 보면 하숙집이든 뭐든 간판 달린 집이 나오겠지. 그러면 거기를 하늘이 점지해 준 곳으로 알고 들어가야지…….' 그렇게 조용해서 살기 좋아 보이는 동네를 돌아다니다 보니 가지야초가 나왔다. 여기는 옛날에 무사들이 살던 마을[60]로 하숙집이 있을 만한 곳이 아니라서 좀 더 번화한 쪽으로 가볼까 하던 참에 좋은 생각이 떠올랐다. 내가 경애하는 끝물 선생이 이 동네에 살고 있는 것이다. 끝물은 이곳 토박이인데다 조상 대대로 내려온 저택도 있을 정도니 이곳 사정에 밝을 것이다. 그를 찾아가서 물어보면 쓸 만한 하숙집을 가르쳐 줄지 모른다. 마침 일전에 인사차 한 번 가 봐서 위치를 대강 알고 있으니 집을 찾아 돌아다닐 필요도 없었

---

60 원문은 土族屋敷(메이지 유신 이후에 옛 무사 계급에 내려준 신분 '土族'들이 모여 사는 동네)임.

다. 이쯤이려니 하고 대강 어림잡아 "계십니까, 계십니까" 하고 두어 번 불렀더니 안에서 쉰 살쯤 되어 보이는 노인이 옛날식으로 기름종이[61]에 불을 붙여 들고 나왔다. 나는 젊은 여자도 싫지는 않지만 노인을 보면 왠지 푸근하다. 내가 기요를 좋아하니 기요 혼이 이런 할머니들에게 옮겨 붙었나 보다. 이분은 끝물의 어머니 같다. 머리를 풀어 내린[62] 기품 있는 부인인데 끝물과 많이 닮았다. 들어오라고 하는 것을 잠깐만 뵙겠다고 해서 끝물 선생을 현관으로 불러내 자초지종을 말하고 갈 만한 곳이 있느냐고 물었다. 끝물 선생이 큰일이라며 잠시 생각하더니 뒷마을에 하기노라는 성을 가진 노인 부부가 사는데 비어있는 방이 있으니 확실한 사람이 있으면 세를 놓겠다며 언젠가 주선해 달라고 한 적이 있다, 지금도 비어있는지 어떤지 잘 모르겠지만 함께 가서 물어보자며 고맙게도 앞장을 서주었다. 나는 그날 밤부터 하기노 댁의 하숙생이 되었

---

61 원문은 紙燭(기름을 먹인 종이 노끈)임.
62 원문은 切り下げ(목덜미까지 늘어뜨린 미망인의 머리 형태)임.

다. 그런데 놀랍게도 내가 골동품 하숙집을 비운 다음 날 알랑쇠가 떡 하니 내가 쓰던 방을 차지하고 나섰다. 이번에는 어지간한 나도 기가 막혔다. 이 세상은 서로를 속여먹고 사는 사기꾼만 득실거리는 곳인가 보다. 신물 난다.

세상살이가 이런 것이라면 나도 이를 악물고 남들처럼 하지 않으면 살아남지 못한다는 이야기가 된다. 하지만 아무리 소매치기를 등쳐야 삼시 세끼를 벌어먹는 세상이라고 해도 이런 식으로 살아야 할지는 생각해 볼 문제다. 그렇다고 탱탱한 육신을 가지고 목을 매서야 조상에게 죄송한데다 뒷소문도 지저분할 것이다. 이제 보니 물리학교 같은 데 들어가서 수학 같은 도움도 안 되는 재주를 배우기보다 6백 엔을 밑천 삼아 우유장사[63]라도 시작하는 편이 나았다. 그랬더라면 기요를 내보내지 않아도 되었을 것이고 나도 낯선 땅에서 기요 걱정을 하지 않고 지낼 수 있었다. 함께 살 때는 잘 몰랐는데 이렇게 시골에 와서 보니 기요는

---

63 당시에 우유 판매업은 '신종 첨단 사업'이었음.

정말 착한 사람이다. 그렇게 마음씨 고운 사람은 일본 땅을 다 뒤져도 찾아보기 어렵다. 할멈, 내가 떠나올 때 감기 기운이 있었는데 지금은 어떻게 지내는지 모르겠다. 일전에 보낸 편지를 받고 좋아했겠지. 그나저나 답장이 올 때도 되었는데……. 이런 생각을 하며 며칠이 지났다.

기다리다 못해 하숙집 할멈에게 도쿄에서 편지 오지 않았느냐고 물어보곤 하는데, 할멈은 그때마다 아직 온 것이 없다며 안쓰럽다는 듯 나를 쳐다보았다. 이 집 부부는 골동품과는 달리 사무라이의 후예인 만큼 기품이 있다. 할아버지가 밤만 되면 이상한 소리를 내며 무슨 타령을 하는 데는 두 손 다 들었지만 골동품처럼 차를 마시자고 쳐들어오지 않으니 감지덕지다. 할멈은 수시로 내 방에 건너와 이런저런 이야기를 들려줬다. 왜 색시를 데리고 와 함께 살지 않느냐고 묻기도 했다. 색시가 있어 보이느냐, 불쌍하게도 이래 보여도 아직 스물넷이라고 했다. 그랬더니 "선생님, 스물넷이면 당연히 아씨가 계셔야지유" 하고 말머리를 꺼내더니 어디의 누구네는 스물에 신부를 얻었다는 둥, 어디의 아무개는 스물둘에 벌써 자식이 둘이라는 둥 하며 사례를 반 다스나 대가며 반박하는 데는 할 말이 없었다. 그럼 나도 스물넷에 장가 좀 들게 중매 서달라고 사투리를 흉내 내서 부탁했더니 할멈이 진짜로 정말이냐고 물었다.

"아, 진짜에 정말에 참말이라니까유. 나 색시 얻고 싶어 죽겠어유."

"그러것지, 젊을 때는 다 그런 뱁이유."

이 말에는 아차 싶어서 대꾸를 못했다.

"허지만 선생님은 이미 색시가 있잖어유. 내가 다 지켜보고 있슈."

"우와, 천리안이네. 뭐 하러 지켜보신대요?"

"뭐하러는유. 도쿄에서 편지 왔냐, 안 왔냐, 매일 눈 빠지게 소식 기다리셨잖유."

"어이쿠 놀래라. 엄청난 천리안이네."

"맞지유?"

"그러게요. 맞을 수도 있고요."

"허지만 요즘 여자는 옛날허고 달라서 방심하면 안 돼유, 조심허는 게 좋아유."

"그게 뭔 소리래요. 우리 색시가 도쿄에서 샛서방이라도 얻었단 말요?"

"아니유, 선생님 색시는 확실헌디……."

"휴, 안심이다. 그럼 뭘 조심해요?"

"선생님 댁은 확실……선생님 댁은 확실헌디……."

"어디에 확실치 않은 색시가 있어요?"

"그럼유, 여기에도 꽤 있어유, 선생님. 그 도야마 집 아가씨 아시지유?"

"아뇨, 몰라요."

"아직 모르시는구먼유. 이 근방에서 제일가는 천하일색이지유. 얼마나 일색인지 학교 선생님들이 죄다 마돈나, 마돈나 하고 입에 달고 댕긴대유. 아직 못 들었슈?"

"아항, 그 마돈나요? 난 기생 이름인줄 알았네."

"아니유, 선생님. 마돈나라고 허면 서양 말로 이쁜 사람이란 거지유."

"그런가요? 몰랐네."

"아마 미술 선생님이 붙인 이름일 거구만유."

"알랑쇠가 붙였어요?"

"아니유, 뭣이냐 요시카와 선생님이 붙이셨유."

"그 마돈나가 확실치 않아요?"

"그 마돈나님이 확실치 않은 마돈나님이지유."

"아이구야. 자고로 별명 붙은 여자치고 멀쩡한 사람이 없잖아요. 그럴 수도 있겠네."

"정말 그래유. 도적 오마쓰[64]도 그렇고, 악녀 오햐쿠[65]도 그렇고 겁나는 여자들이 있었잖유?"

"마돈나도 그 정도예요?"

"그 마돈나가유 선생님. 뭣이냐, 선생님을 우리 집에 소개해 주신 고가 선생, 그쪽에 신부로 가기로 약속이 되어 있었는디유……."

---

64 원문은 鬼神のお松(일본의 3대 도적으로 불리는 가공의 여자 도적 お松를 소재로 한 가부키 제목)임.

65 원문은 妲妃のお百(교토 기생 출신으로 여러 남자를 거치다 내연 남자 那河忠左衛門가 참수 당한(1757년) 이후에 독부(毒婦)의 대명사가 된 에도 중기의 여성 お百를 소재로 한 가부키 제목. 이후 중국 은나라의 달기에 비유되며 만담, 가부키의 소재가 되었음)임.

"이런, 세상에. 끝물이 이렇게 염복 있는 사내인줄 몰랐네. 사람은 겉만 보고는 모른다니까. 조심해야겠는걸."

"근디 말이유, 작년에 그 집 어른이 돌아가셔서……그때까지는 돈도 있겠다 은행 주식도 가지고 있겠다 만사형통이었는데……그 뒤로는 어떻게 된 건지 금세 살림이 기울어서……말허자면 고가 선생이 사람이 너무 좋아서 사기 당헌 거유. 이래저래 혼사가 미뤄지던 참에 지금 교감 선생님이 나타나셔서 꼭 신부로 삼고 싶다고 했다지 뭐유."

"그 빨강셔츠가요? 못된 놈이네. 어쩐지 그 셔츠, 보통 셔츠가 아닐 것 같더라니. 그래서요?"

"사람을 시켜 말을 넣었는데 여자 집안에서는 고가 선생님과의 의리가 있다 보니 바로 답을 못 주다가 잘 생각해 보겠다는 정도로 답장했답디다. 그러자 빨강셔츠님이 연줄을 대서 여자 집에 들락날락하더니 결국에는, 선생님, 여자가 홀랑 넘어가 버렸지 뭐유. 빨강셔츠도 빨강셔츠지만 아가씨도 좀 그렇다고 모두

수군대유. 고가 선생에게 시집가겠다고 해놓고 이제 와서 학사님이 나타나니 고무신을 확 바꿔 신었지 뭐유. 이래서야 해님께 면목이 없지 않을까유? 선생님?"

"면목 없고 말고요. 해님뿐 아니라 달님, 하늘님, 무슨님, 무슨님, 끝도 없이 면목이 없지요."

"그러던 차에 친구 불쌍타고 훗타 선생님이 교감 선생님 댁에 따지러 갔더니 빨강셔츠님이 '나는 장래를 기약한 사람을 가로챌 생각은 없다. 혼사가 깨지면 신부로 들일지 몰라도 지금은 그냥 도야마 집안과 교제하는 것뿐이다. 그 집안과 교제하는 데는 달리 고가 선생에게 미안할 것도 없지 않느냐'고 하셔서 훗타 선생님도 더는 말을 못하셨다던데유. 빨강셔츠님하고 훗타 선생님하고 그때부터 사이가 틀어졌다는 소문이지유."

"이것저것 많이도 아시네요. 어찌 그리 소상히 아세요? 대단하시네."

"좁은 곳이니 뭐든 알지유, 시방."

너무 알아서 곤란할 지경이다. 이래서는 이 할멈,

국수 사건과 경단 사건도 알고 있을지도 모른다. 피곤한 동네다. 그래도 덕분에 마돈나의 의미도 알았고 멧돼지와 빨강셔츠의 관계도 알아서 큰 도움이 되었다. 다만 문제는 어느 쪽이 나쁜 사람인지가 확실치 않다는 것이다. 나처럼 단순한 인간은 흑백을 가려주지 않으면 누구 편을 들어야 할지 모른다.

"빨강셔츠와 멧돼지 가운데 누가 좋은 사람이에요?"

"멧돼지가 뭐유?"

"멧돼지는 홋타에요."

"그야 쎄기로는 홋타 선생이 쎄지만 그래도 빨강셔츠는 학사님이시니 일을 많이 하시지유. 그리고 자상하기는 빨강셔츠님이 자상하지만 학생들 사이에서는 홋타 선생님이 평판이 더 좋다던데유, 시방."

"그러니까 누가 좋으냐고요."

"그러니까 월급 많은 사람이 훌륭하것지유."

더 물어봤자 헛수고일 것 같아서 그만두었다. 그런 뒤에 이삼일 지나 학교에서 돌아오니 할멈이 생글생글 웃으며 편지 한 통을 들고 왔다. "아이구, 오래 기다리셨슈, 드디어 왔슈" 하며 천천히 읽으라고 했다.
받아 들고 보니 기요가 보낸 편지다. 부전지가 덕지덕
지 붙어 있길래 살펴보니 산성집 여관에서 골동품으
로, 골동품에서 하기노 댁으로 돌고 돌아서 온 편지
다. 그것도 산성집에서는 일주일가량 묵었다. 여관이
라고 편지까지 재울 심산이었나 보다. 펼쳐보니 편지
가 길기도 하다.

　도련님 편지를 받고 곧바로 답장하려 했는데 하
필 고뿔에 들어 일주일간 누워 있다 보니 그만 늦
어져서 미안해요. 게다가 요즘의 젊은 아가씨들처
럼 읽고 쓰기를 잘 하지 못하니 이렇게 못난 글이
라도 쓰는데 힘이 많이 든다우. 조카에게 써 달라고
할까 하다가도 모처럼 보내는 편지라 직접 쓰지 않
으면 도련님에게 미안할 것 같아서 미리 밑글씨를
쓰고 그 위에 덧썼어요. 덧쓸 때는 이틀 걸렸지만
밑글씨를 쓰는 데는 나흘 걸렸고요. 읽기 불편할지
몰라도 그나마 있는 힘을 다해 썼으니 부디 끝까지

읽어주서요.

이런 식으로 미주알고주알 서두만 두어 장쯤 적혀있
다. 역시나 읽기 어렵다. 글씨가 삐뚤빼뚤한데다 대부
분 히라가나로 써서 어디에서 끊어지고 어디서 시작되
는지 단락 짓기가 여간 힘든 게 아니다. 나는 성격이 급
해서 이렇게 길고 읽기 힘든 편지는 5엔 줄 테니 읽어
달라 해도 사양하겠지만 이때만큼은 정성 들여 처음부
터 끝까지 다 읽었다. 끝까지 읽기는 했어도 읽기에 너
무 힘들고 뜻이 연결되지 않아 첫 소절부터 다시 읽었
다. 방 안이 어두워 보이지 않길래 나중에는 밖으로 들
고나가 툇마루에 걸터앉아서 또박또박 읽었다. 초가을
바람이 파초 잎새를 흔들더니 내 살을 훑고 지나갔다.
그 바람에 읽고 있던 편지가 마당 쪽으로 나부끼더니
나중에는 네 자 남짓한 편지지[66]가 파르르 떨었다. 손을
놓으면 마당 건너편 울타리까지 날아갈 것 같았다. 하

---

66 원문은 半切れ(횡으로 긴 일본 종이. 틀에서 종이를 뜬 전지의 절
반 크기의 종이)임.

지만 그런 생각을 하고 있을 계제가 아니었다.

　도련님은 대나무를 쪼갠 것 같은 성품을 지녔지만 단지 욱하는 게 지나쳐서 그게 걱정이에요. …… 마음대로 남에게 별명 같은 걸 붙이면 원성을 사니 함부로 붙이지 마시고요, 만약 붙였거들랑 기요한테만 편지로 알려주셔요. …… 시골 사람은 험하다고 하니 조심해서 봉변당하지 않도록 하셔요. …… 일기도 도쿄보다 불순할 테니 찬 데서 자고 고뿔들면 안 돼요. 도련님 편지는 너무 짧아서 형편을 잘 모르겠으니 다음번에는 하다못해 이 편지의 반만이라도 써서 보내주셔요. …… 여관에 웃돈을 주는 건 좋은데 나중에 쪼들리지 않을까요. 객지에서 믿을 것은 돈뿐이니 가급적 아꼈다가 무슨 일이 생길 때 궁색하지 않도록 하셔요. …… 돈 떨어져서 힘드실지 몰라 소액환으로 10엔 동봉했어요. …… 일전에 도련님이 주신 50엔은 도련님이 도쿄에 돌아오셔서 집 장만하실 때 보태려고 우체국에 넣어

두었는데 이번에 10엔 빼 썼지만 아직 40엔 남았으니 괜찮아요.

역시나 여자는 섬세하다.

파르르 떨고 있는 편지를 들고 툇마루에 앉아 생각에 잠겨 있는데 할멈이 미닫이문을 열고 저녁 밥상을 들고 왔다. "아직도 보고 계시남유? 편지가 아주 기네유" 하길래 "그래요, 소중한 편지라서 바람에 날렸다가 보고, 또 날렸다가 보고 해요" 하며 스스로도 종잡지 못할 대답을 하고 밥상머리에 앉았다. 보아하니 오늘 밤에도 찐 고구마다. 이 집은 골동품네보다 예의 바르고 친절하고 거기에 기품까지 넘치는데, 아쉽게도 먹거리가 시원찮다. 어제도 고구마, 그제도 고구마, 오늘 저녁도 고구마다. 고구마 좋아한다고 분명 내 입으로 말은 했건만 이렇게 허구한 날 고구마만 먹어서야 목숨도 부지 못하겠다. 끝물 호박이라고 놀리고 다니는 나도 머잖아 끝물 고구마가 되게 생겼다. 기요 같으면 이럴 때 내가 좋아하는 참치회나 가마보코[67] 어묵에 양념장을 발라 구워주련만 이 집 주인은 가난한 사무라이 집안의 노랑이다 보니 그런 것은 언감생심이다. 아무리 생각해 봐도 기요랑 살아야겠다. 만약 이 학교에 오래 붙어 있을 것 같으면 도쿄에서 불러 들여야지. 국수를 먹으면 안 되고, 경단도 먹으면 안 되고, 하숙집에 들어앉아 고구마만 먹고 누렇게 떠 있으라니 교육자는 고달프다. 도 닦는 스님도 나보다는 입이 호사할 것이다. 고구마 한 접시를 비운 다음 책상 서랍에서 날달걀 두 개를 꺼내 밥그릇 가장자리에 두들겨 깨서 먹고서야 가까스로 허기를 면했다. 날달걀로라도 영양분을 얻지 않으면 일주일에 스물한 시간의 수업을 배겨 내기 힘들다.

오늘은 기요 편지를 읽느라 목욕탕으로 나서는 시간이 늦어졌다. 그래도 매일 다니는 것을 하루라도 빼먹으면 개운치 않다. 기차를 타고 가려고 여느 때처럼 빨간 수건을 손에 들고 털레털레 역으로 갔는데 열차가 방금 떠나서 한참을 기다려야 했다. 벤치에 걸터앉

---

67 흰 생선살에 계란 흰자, 조미료를 섞어 뭉친 음식. 어묵의 한가지.

아 담배[68]를 피우고 있는데 마침 끝물이 걸어왔다. 아까 들은 이야기가 있다 보니 끝물이 더 처량해 보였다. 평소에도 세상 천지에 오갈 데 하나 없어 남의 집에 얹혀사는 사람처럼 기를 펴지 못하는 모습이 안쓰러워 보였는데, 오늘 밤에는 그냥 안쓰러운 정도가 아니다. 할 수만 있다면 월급을 두 배로 올려주고 내일 도야마 댁네 아가씨와 결혼시켜 한 달간 도쿄에라도 보내주고 싶었던 참이라 "아, 목욕 가요? 여기 좀 앉으세요" 하고 기운찬 소리로 자리를 양보했다. 그런데도 끝물 선생은 송구스럽다는 듯 "아니요, 괜찮습니다" 하고 사양하는 건지 뭔지 어물어물하며 서 있었다. 사실은 어떻게든 꼭 옆에 앉히고 싶을 만큼 불쌍했다. "한참 기다려야 해요. 힘들 테니 앉으세요" 하고 다시 권했다. 그러자 "그럼 염치 무릅쓰겠습니다" 하고 어렵사리 내가 하는 말을 들어 주었다. 세상에는 알랑쇠처럼 주제넘은, 나타나지 않아도 될 곳에 꼭 얼굴을 내미는 녀석이 있다. 멧돼지처럼 자기가 없

---

68 원문은 敷島(1904~1943년까지 발매되었던 담배 이름)임.

으면 일본이 무너질거라는 듯한 얼굴을 어깨 위에 붙이고 다니는 녀석도 있다. 그런가 하면 빨강셔츠처럼 화장품과 호색한의 달인을 자처하는 자도 있다. 교육이 살아나서 프록코트를 걸치면 자기처럼 될 거라고 말하는 듯한 너구리도 있다. 하나같이 저 잘났다고 으스대는 세상에 이 끝물 선생처럼 있어도 없는 듯, 인질로 잡혀온 인형마냥 얌전하게 있는 사람은 본 적이 없다. 얼굴이 퉁퉁 불어있기는 하지만 이렇게 멀쩡한 남자를 버리고 빨강셔츠에게 팔랑대다니 마돈나도 어지간히 정신 나간 바람둥이다. 빨강셔츠를 몇 다스 모아 놓아도 이렇게 훌륭한 남편감은 안 나온다.

"선생님 어디 아픈 거 아녜요? 힘들어 보여요."

"아니요, 딱히 병은 없는데요."

"다행이네요, 몸이 아프면 사람도 끝장이지요."

"선생님은 아주 건강해 보이세요."

"네, 마르긴 했어도 병은 안 걸려요. 병 같은 거 아주 싫어하거든요."

내 말을 듣고 끝물 선생이 씩 웃었다.

그러던 차에 대합실 입구에서 젊은 여자의 웃음소리가 들려 무심코 돌아 보았더니 엄청난 인물이 나타났다. 뽀얀 피부에 하이칼라 머리를 한 키가 큰 미인과 마흔 중반의 부인이 표를 파는 창구 앞에 나란히 서 있었다. 나는 미인을 형용할 수 있는 사람이 못 되니 할 말이 없지만 분명 대단한 미인이다. 뭐랄까, 수정 구슬을 향수로 데워 손에 쥔 듯한 기분이 들었다. 부인 쪽이 키가 작다. 하지만 얼굴이 많이 닮은 것으로 보아 모녀간인 모양이다. '이야, 멋지네!' 나는 끝물 선생과 이야기 하던 것을 까맣게 잊어버리고 젊은 여자만 바라보았다. 그런데 옆에 있던 끝물이 의자에서 일어나더니 여자 쪽으로 터덜터덜 걸어가기에 놀랐다. 마돈나가 아닐까 싶었다. 세 사람이 창구 앞에서 가볍게 인사를 나눴다. 멀어서 무슨 이야기를 하는지 들리지 않았다.

대합실 시계를 보니 기차가 출발하기 5분 전이었다. 말 상대가 사라지니 시간이 더디 가서 기차가 얼른 오기를 기다리고 있는데 허겁지겁 역으로 뛰어오는 또 한 사람이 있었다. 빨강셔츠였다. 흐르르한 기모노에 잔주름이 들어간[69] 허리띠를 어수룩하게 매고 언제나처럼 금줄을 찰랑대며 오고 있었다. '저 금줄 가짜야. 아무도 모를 줄 알고 보란 듯 차고 다니지만 나는 다 알고 있지.' 빨강셔츠는 대합실에 들어서기 바쁘게 두리번두리번 하다가 매표소 앞에서 이야기를 나누고 있는 세 사람에게 정중하게 인사했다. 그러고는 두세 마디 말을 거는가 싶더니 갑자기 이쪽으로 몸을 돌려 고양이 걸음으로 사뿐사뿐 다가왔다. "어이, 자네도 목욕 가나? 늦을까 봐 서둘러 왔더니 아직 삼사 분 남았네. 저 시계 잘 맞는지 몰라"하고 자기 금장 시계를 꺼내 들여다보더니 2분 틀리다고 하며 내 옆에 앉았다. 빨강셔츠는 여인들에게는 전혀 시선을 보내지 않고 지팡이에 턱을 괴고 정면만 바라보고 있었다. 중년 부인은 이따금 빨강셔츠를 쳐다보았지만 젊은 딸은 옆모습만 보였다. 마돈나가 분명했다.

이윽고 "삐액" 하고 기적을 울리며 열차가 들어왔

---

69 원문은 縮緬(잔주름을 넣은 견직물의 한 가지)임.

다. 기다리던 사람들이 줄줄이 앞다투어 기차에 올라 탔다. 빨강셔츠는 맨 먼저 일등석에 올라탔다. 일등석에 탔다고 으스댈 거 하나 없다. 스미타까지 일등석이 5전이고 이등석이 3전이니 고작 2전 차이로 등급이 갈린다. 나 같은 사람조차 일등석 흰색 차표를 들고 있지 않나. 시골 사람은 좀생이라 단돈 2전에도 벌벌 떨고 대개는 이등석에 탄다. 빨강셔츠 뒤를 따라 마돈 나와 마돈나 어머니가 일등석에 올라탔다. 끝물은 판 박이처럼 이등석만 타는 사람이다. 끝물 선생이 이등석 객차 계단 앞에 서서 주저주저하다가 나를 보더니 훌쩍 올라타버렸다. 하도 안쓰러워서 나도 끝물이 탄 차량에 올라섰다. 일등석 차표로 이등석에 탄다고 누가 뭐라겠나.

온천에 도착하여 3층에서 유카타로 갈아입고 탕에 내려갔다가 끝물을 또 만났다. 나는 회의니 뭐니 하는 자리에서 무슨 말을 하려고 하면 목구멍이 턱 막혀 버리는 사람이지만 평소에는 꽤 말을 하는 편이다. 탕에 들어가서 끝물에게 이것저것 말을 붙였다. 보고만 있어도 안쓰러워 죽겠다. 이럴 때 말 한마디라도 건네 상대방의 마음을 달래주는 것이 도쿄 토박이의 의무다. 그런데 유감스럽게도 끝물은 구렁이 담 넘어가듯 슬그머니 빠져나갔다. 무슨 말을 해도 "예" "아니요" 뿐인데다 그 대답도 마지못해 하는 것 같아서 나중에는 대화를 접어버렸다.

　온천에서는 빨강셔츠를 만나지 못했다. 탕이 여기저기에 있으니 같은 기차로 왔어도 한곳에서 만나리라는 보장은 없다. 달리 이상할 것도 없었다. 온천을 나서니 달이 휘영청 떠있었다. 길 양편에 버드나무가 심어져 있어 버들가지가 둥그런 그림자를 길가에 드리우고 있었다. 조금 걷기로 했다. 북쪽으로 올라가 마을 끝자락에 접어드니 왼편에 커다란 문이 하나 서 있는데, 그 문으로 들어서면 정면의 막다른 곳에 절이 있고 길 좌우에는 기생집이 늘어서 있다. 산문 안에 유곽이라니, 전대미문의 현상이다. 살짝 들어가 보고 싶었지만 또 회의 석상에서 너구리에게 당할지 몰라 단념하고 그냥 지나쳤다. 문과 나란하게 검은 포렴이 내 걸려있고 작은 격자창이 나있는 단층집이 내가 경단을 사먹고 망신살이 뻗친 경단 가게다. 둥근 초롱에 팥죽, 떡국[70]이라고 쓰인 것이 매달려 있고, 초롱의 불빛이 처마 가까이에 서있는 버드나무를 비추고 있다. 먹고 싶었지만 참고 지나갔다.

먹고 싶은 경단을 못 먹으니 서럽다. 하지만 자기 각시 될 사람이 고무신을 거꾸로 신은 건 더 서러운 일이다. 끝물을 생각하면 경단은 고사하고 사흘쯤 굶어도 불평 한마디 안 나올 참이다. 정말 세상에 믿지 못할 것이 인간이다. 얼굴을 보면 그런 몰인정한 짓은 절대 하지 않을 것 같은 아름다운 여인이 몰인정하고, 물에 퉁퉁 불은 호박처럼 생긴 끝물 선생은 선량한 군자라니 도대체 납득이 되지 않는다. 게다가 호방해 보이는 멧돼지가 학생을 선동했다고 하지를 않나, 학생을 선동했나 싶더니 나중에는 그 멧돼지가 학생을 엄벌하라고 교장을 몰아붙이지, 밉상 덩어리 빨강셔츠는 보기와는 달리 친절해서 이것저것 넌지시 알려주

---

70 원문은 お雑煮(정초에 먹는 일본식 떡국)임.

는가 싶더니 뒤로는 마돈나를 호리고, 마돈나를 호렸나 싶더니 이번엔 끝물과 파혼하기 전에는 결혼하지 않겠단다. 또 골동품이 생트집을 잡아 나를 내쫓나 했더니 알랑쇠가 그 방을 쏙싹 차지했다. 도대체 모를 일이다. 이런 것을 글로 써서 기요에게 보내면 놀라도 한참 놀랄 것이다. 하코네 너머라 도깨비들이 득실댄다고 할지도 모른다.

　나는 원래 둔감한 성격이라 어떤 고생도 고생으로 여기지 않고 이날까지 살아왔는데 이 동네에 와서 고작 한 달이 될까 말까 하는 사이에 갑자기 세상이 무서워졌다. 달리 큰일을 겪은 것도 아닌데 대여섯 살은 더 먹은 느낌이다. 일찌감치 다 접고 도쿄로 돌아가는 게 상책이겠다……. 이런저런 생각이 꼬리를 무는 사이에 어느덧 돌다리를 건너 미나리 강의 둑길에 들어섰다. 강이라고 하니 거창하게 들려도 실은 폭이 한길쯤 되는 졸졸거리는 개울인데, 둑길을 따라 십오 분쯤 내려가면 아이오이 마을이 나온다. 마을에는 관음상이 모셔져 있다.

뒤를 돌아보니 온천 마을의 빨간 초롱불이 달빛 아래에서 깜박거리고 있었다. 북소리가 나는 곳은 유곽이다. 깊지는 않아도 물살이 빠르다 보니 개울물이 마치 신경질을 내듯 반짝거렸다. 터벅터벅 둑길을 5분쯤 걸었을까, 멀리 사람 그림자가 눈에 들어왔다. 달빛에 비치는 그림자는 둘이다. 온천에 왔다가 동네로 돌아가는 젊은 사람들일지도 모른다. 그런데 노래도 부르지 않는다. 왠지 조용하다.

계속 건다 보니 내 걸음이 빨랐던지 두 그림자가 점점 커졌다. 한 사람은 여자 같았다. 스무 걸음 정도로 거리가 좁혀졌을 때 내 발소리를 들었는지 남자가 돌아보았다. 달은 내 뒤에 떠 있었다. 그때 남자를 보자 퍼뜩 머릿속을 스치는 것이 있었다. 남녀가 다시 원래대로 걷기 시작했다. 짚이는 데가 있었다. 전속력으로 따라붙었다. 둘은 아무것도 모르고 느긋하게 발걸음을 옮기고 있었다. 이제는 말소리도 손에 잡힐 듯 들린다. 둑길의 폭이 여섯 자쯤 되다 보니 세 사람이 나란히 서면 꽉 찬다. 따라잡는 것은 식은 죽 먹기였다. 내가 남자의 옷소매를 스치며 두 걸음 더 지나 갔다가 몸을 빙그르르 돌려 남자의 눈앞에 내 얼굴을 쓰윽 내밀었다. 달빛이 밤송이머리부터 턱 언저리까 지의 내 얼굴을 정면에서 사정없이 비추었다. 남자가 "억!" 하고 황급히 고개를 돌리더니 그만 돌아가자고 여자를 재촉하며 뒤로 돌아섰다.

빨강셔츠가 뻔한 시치미를 뗀 것인지 대가 약해서 아는 체를 못 한 것인지 나는 모른다. 동네가 좁아서 곤란한 사람은 나뿐이 아니었다.

8
빨강셔츠

빨강셔츠와 낚시에 다녀와서부터 맷돼지가 의심스러웠다. 있지도 않은 일로 꼬투리를 잡아 하숙집을 비우라고 할 때는 괘씸하기 짝이 없었다. 그런데 회의 석상에서는 생각지도 않게 도도(滔滔)하게 학생 엄벌론을 주장하니 헷갈렸다. 맷돼지가 끝물을 도와주려 빨강셔츠와 담판을 지으러 갔다고 하숙집 할머니가 말하는 대목에서는 잘한다고 박수까지 쳤다. 이렇게 놓고 보면 나쁜 놈은 맷돼지가 아니라 빨강셔츠고, 이 빨강셔츠가 있지도 않은 일을 꾸며내고 그것을 빙빙 돌려서 내 머릿속에 집어넣은 게 아닐까 하는 의구심이 들었다. 그러던 중에 미나리 강둑길에서 마돈나를 데리고 산책질 하는 장면을 내게 들킨 것이다. 나는 그 때부터 빨강셔츠를 요주의 인물로 점 찍었다. 요주의 인물인지 뭔지 잘은 몰라도 하여간 좋은 사람이 아닌 것은 분명하다. 겉과 속이 다른 사람이다. 인간이 대나무처럼 올곧지 않아서는 믿을 수 없다. 올곧은 사람과는 싸워도 속이 후련하다. 빨강셔츠처럼 나 부드러워, 나 친절해, 나 고상해 하며 호박 파이프를 자랑스레 내보이는 자는 방심해서는 안 된다. 싸움도 잘 못할 것이다. 싸움을 하더라도 에코인 절[71]에서 하는 스모처럼 화끈하게 싸우지는 못할 것이다. 그러고 보면 교무실을 발칵 뒤집어 놓은 1전 5리 떠넘기기 소동의 상대였던 멧돼지가 훨씬 인간미 넘친다. 회의 때 옴팡눈 뒤집어 까고 나를 째려볼 때는 밉살스러웠지만 나중에 생각하니 그것도 빨강셔츠가 내는 고양이 그르렁거리는 소리보다는 나았다. 사실은 회의가 끝난 후에 화해하려고 한두 마디 말을 걸었는데 그 자식이 대답은 안 하

---

71 回向院: 도쿄 료코쿠(両国)에 있는 정토종 절. 1781년부터 이 절에서 시작한 스모가 오늘날의 전국스모대회(大相撲)로 발전되었음.

고 눈만 부라리기에 나도 화나서 그만 두었다.

그날 이후로 멧돼지와 나는 대화가 끊겼다. 그때의 1전 5리는 아직도 책상 위에 있다. 먼지를 뒤집어쓴 채 놓여 있다. 물론 나는 손댈 처지가 못 되고 멧돼지는 집어갈 생각이 전혀 없다. 이 1전 5리가 둘 사이의 장벽이 되어 나는 말을 걸고 싶어도 말을 걸지 못하고, 멧돼지는 한사코 입을 꾹 다물고 있다. 나와 멧돼지 간에 1전 5리가 화근이 되었다. 종국에는 학교에 출근하여 1전 5리를 보는 것이 고역이었다.

멧돼지와 내가 절교한 반면에 빨강셔츠와 나는 여전히 대화를 나누며 예전 같은 관계를 유지했다. 미나리 강 강둑에서 맞닥뜨린 다음 날, 학교에 출근했더니 빨강셔츠가 쏜살같이 내 옆으로 다가와서 새 하숙집은 어떠냐, 또 러시아문학을 잡으러 가지 않겠느냐 등등 말을 걸었다. 얄미워서 내가 "어젯밤에는 두 번이나 뵀네요"했더니 "아, 기차역에서……선생, 매일 그 시간에 가요? 너무 늦지 않나?"하고 딴전을 피웠다. "강둑에서도 뵙지 않았던가요?"하고 한 방 먹였더니, 아니다 자기는 거기에 가지 않았다, 목욕만 하고 바로 돌아왔다고 대답했다. 그렇게까지 숨길 건 또 뭐람, 분명 만났지 않은가. 이제 보니 거짓말을 밥 먹듯이 하는 자로구나. 그러고도 중학교 교감을 해 먹을 것 같으면 나는 대학총장도 할 수 있겠다. 그때부터 나는 빨강셔츠를 믿지 않았다. 믿음이 가지 않는 빨강셔츠와는 대화를 나누고, 믿어 마지않는 멧돼지와는 대화가 끊겼다. 세상 참 묘하게 돌아간다.

하루는 빨강셔츠가 할 이야기가 있다며 자기 집에 다녀가라고 하기에 아쉽지만 목욕을 거르고 네 시경에 집을 나섰다. 빨강셔츠는 혼자 사는데도 교감이니만큼 진작에 하숙집을 나와 멋진 현관이 딸린 집에 살고 있다. 집세는 9엔 50전이란다. 9엔 50전에 이런 집에 들어와 살 수 있을 것 같으면 나도 도쿄에 있는 기요를 불러들여 기쁘게 해주고 싶었다. "실례합니다" 하고 불렀더니 빨강셔츠의 동생이 나왔다. 이 동생은 학교에서 나에게 대수와 산술을 배우는 지극히 못돼 먹은 놈이다. 게다가 뜨내기라서 시골 토박이들보다 됨됨이가 더 나쁘다.

빨강셔츠를 만나 용건을 들어보니, 예의 호박 파이프를 입에 물고 퀴퀴한 담배 연기를 뿜어대며 이런 말을 했다.

"자네가 오고 나서 전임자가 가르칠 때보다 성적이 많이 올라 교장 선생님도 좋은 사람이 왔다고 매우 기뻐하시네. 학교에서도 신뢰하고 있으니 그렇게 알고 앞으로도 부디 열심히 해주게."

"그으래요? 열심히라니, 지금보다 더 열심히는 못하는데요."

"지금 정도로 충분하네. 다만 일전에 말한 거, 그것만 잊지 않으면 되네."

"하숙집 같은 데 소개해 주는 작자 조심하라는 거요?"

"그렇게 노골적으로 말하면 의미가 없어지는데……뭐 됐네……내 뜻은 자네에게도 잘 통하는 줄 알고 있으니. 그래서 하는 말인데……. 자네가 지금처럼 정성껏 해주면, 학교 측에서도 지켜보고 있으니, 좀 더 지나 여건만 맞으면 대우도 다소는 어떻게 될 걸로 알고 있는데 말이야."

"아하, 월급 말이에요? 월급 같은 건 아무래도 상관없지만, 오르면 좋기야 하지요."

"마침 이번에 전출자가 한 사람 생겨서……물론 교장 선생님과 상의해봐야겠지만, 그 월급에서 약간은 융통이 가능할지도 몰라서, 교장 선생님께 건의해볼까 하는데……말이지."

"아이구, 감사합니다. 누가 전출 가요?"

"곧 발표가 날 테니 말해도 되겠군. 실은 고가 선생이네."

"고가 선생? 고가 선생은 여기 사람이잖아요."

"여기 사람이지만, 사정이 좀 있어서……반은 본인 희망일세."

"어디로 가는데요?"

"휴가에 있는 노베오카(延岡)인데……좀 외진 데다 보니 한 호봉 올라서 가게 되었다네."

"대신으로 누가 와요?"

"후임자도 대략 정해졌는데, 그 과정에서 자네에게 더 붙는 게 있네."

"네, 좋습니다. 하지만 무리해서 올리지 않아도 괜찮아요."

"하여간 내가 교장에게 말씀드림세. 교장 선생님도 같은 생각이실 텐데, 그렇게 되면 자네가 좀 더 수고를 해주어야 할지도 모르니 이제부터 그런 줄 알고 마음의 준비를 하게."

"지금보다 시간이 늘어나나요?"

"아니, 시간은 지금보다 줄어들지도 몰라."

"시간은 줄어드는데 일은 더 해요? 이상하네."

"얼핏 들으면 이상하지만⋯⋯딱 잘라 말하기는 어렵고⋯⋯뭐냐, 말하자면 자네가 더 중요한 책임을 맡을지도 모른다는 의밀세."

도무지 모르겠다. 지금보다 중요한 책임이라면 수학 주임일 텐데, 주임은 멧돼지고 그 작자는 사표를 쓸 리 만무하다. 게다가 학생들 사이에 인망이 높다

하니 전근이나 면직은 학교 입장에서도 득이 되지 않을 것이다. 빨강셔츠가 하는 말은 언제나 요령부득이다. 요령은 부득일지라도 용건은 그것으로 끝났다. 그 뒤로 잠깐 잡담을 나누는 동안에 끝물 선생의 송별회 건부터 나보고 술을 마시냐는 이야기, 끝물 선생은 군자여서 복 받을 사람이라는 이야기 등등 빨강셔츠가 여러 가지 말을 했다. 막판에는 화제를 바꾸어 나더러 하이쿠를 하느냐고 묻기에 아차 큰일났다 싶어서 "하이쿠는 안 합니다, 그럼 이만" 해놓고 부리나케 도망나왔다.[72] 하이쿠는 방랑 시인 바쇼[73]나 이발관 아저씨들이 하는 것이다. 어떻게 수학선생이 나팔꽃 같은 것한테 두레박을 뺏긴단 말인가?[74]

집에 와서 곰곰이 생각했다. 세상에는 속을 알 수 없는 사람이 있다. 집과 땅은 물론이고 일하는 학교까

---

72 작자는 오랜 기간 하이쿠에 심취하였으며 하이쿠 전집(漱石俳句集, 1917년 11월, 岩波書店)도 발간했음.

73 松尾芭蕉(1644~1694): '일본판 김삿갓' 하이쿠 시인.

74 加賀の千代女(1703~1775)의 하이쿠 '朝顔に釣瓶取られてもらい水(아침 나팔꽃/ 두레박 가져갔네/ 물 얻으러 가야지)'를 비튼 말.

지, 부족한 것 하나 없는 고향이 싫다며 생판 모르는 곳으로 고생을 찾아 떠나겠단다. 그것도 전차가 다니는 꽃대궐 같은 도시라면 또 몰라도 휴가의 노베오카라니 이 무슨 뚱딴지 같은 소린가. 나는 배편이 좋은 이곳조차 한 달도 안 돼 돌아가고 싶어졌다. 노베오카라니, 산골도 산골도 그런 산골이 따로 없다. 빨강셔츠 말로는 배에서 내려 하루 종일 마차를 타고 미야자키로 갔다가, 거기서 다시 차를 타고 하루를 더 들어가야 한단다. 이름만 들어도 산간벽촌이다. 아마 원숭이와 사람이 반반씩 살고 있을 것이다. 끝물이 제아무리 성인군자라고 해도 자청해서 원숭이를 친구 삼고 싶지는 않을 텐데, 참 별나기도 하다.

생각에 빠져있는데 여느 때처럼 할멈이 저녁상을 들고 왔다. 오늘도 또 고구마냐고 물었더니 "아니유, 오늘은 두부여유"했다. 고구마나 두부나 그 놈이 그 놈이지.

"할멈, 고가 선생이 노베오카로 간다네요."

"어떡해유, 딱해서."

"딱하기는요, 윈해서 가는 거니 별수 없어요."

"윈하다니, 누가유?"

"누가유는, 당사자지. 고가 선생이 세상 구경하러 가는 거잖아요."

"아이구, 선생님도 번지수를 못 찾는 허방이[75]구만 유."

"허방이라고? 방금 빨강셔츠가 그랬는데? 내가 허 방이면 빨강셔츠는 뻥쟁이 허풍선이[76]지."

"교감 선생님이 그렇게 말씀하시는 건 지당허지만, 고가 선생이 안 가고 싶은 것도 지당허지유 시방."

"그럼 양쪽 다 지당하네? 공평하기도 하셔라. 대체 어떻게 된 거예요?"

"오늘 아침에 고가 선생네 어머니가 오셔서 사정을 전부 말씀 하더라니까유."

"무슨 사정을요?"

"그 집도 아버지 돌아가시고부터는 남 보기만큼 형

---

75 원문은 勘五郎(간고로-작자가 지어낸 가상의 인명)임.
76 원문은 法螺右衛門(호라에몬-작자가 지어낸 가상의 인명)임.

편에 여유가 없었다는구먼유. 그래서 어머니가 교장 선생님한테 말씀드렸대유, 벌써 4년이나 다녔으니 다달이 나오는 것을 좀 올려달라고 말유, 선생님."

"그래서요?"

"교장 선생님이 생각해 보겠다고 하셨대유. 그래서 어머니도 안심하고 조만간 소식이 올 거라고 이제나 저제나 하고 눈 빠지게 기다리던 참에 교장 선생님이 고가 선생을 부른다기에 갔더니 안됐지만 학교에 돈이 모자라서 월급을 올려줄 수 없다고 하더라네유. 그래 놓고 노베오카에 빈자리가 났는데 거기에서는 원하는 대로 매달 5엔을 더 받을 수 있길래 잘 됐다 싶어 그렇게 처리했으니 그리 가라고 하더라네유."

"그건 상담이 아니라 명령이잖아."

"그러니까유. 고가 선생이 다른 데 가서 월급 더 받기 보담 원래대로도 좋으니 여기에 있고 싶다, 집도 있고 어머니도 계신다고 하소연했는데도 이미 결정난데다 고가 선생의 후임자까지 정해졌으니 어쩔 수 없다고 하더래유, 교장 선생님이."

"이런, 사람을 뭘로 보는 거야. 그런 게 어딨어. 그럼 고가 선생은 갈 마음이 없는 거잖아. 어쩐지 이상하더라. 5엔 더 받겠다고 그런 산골짜기에 원숭이랑 친구하러 가는 맹추가 세상 어디에 있어."

"맹추……도 선생님이유?"

"아 됐어요. 이제 보니 빨강셔츠가 꾸민 거로구만. 못돼 먹었네. 완전히 사람 뒤통수를 치고 있잖아. 그래 놓고 내 월급을 올려준다고? 어림 반 푼어치도 없는 소리. 올려준다고 누가 올라간대?"

"선생님 월급이 올라가유?"

"올려준다고 하니 거절하려고요."

"왜 거절해유?"

"왜든지 거절할 거야. 할멈, 그 빨강셔츠는 멍청이야, 비겁하고."

"비겁해도 선생님, 월급을 올려주면 가만히 받아두는 게 득이유. 젊어서는 화도 나는 법이지만 나이 먹어 생각해 보면 좀 더 참을 걸 괜히 그랬다, 화내서 공연히 손해 봤다 하고 후회하기 마련이유. 노인네가 하는 말 듣고 빨강셔츠 선생님이 월급을 올려준다고 하면 고맙습니다 하고 받아두셔유."

"노인네 주제에 쓸데없는 참견 그만 하쇼. 올라가든 내려가든 내 월급이니까."

할멈이 끽소리 못하고 물러갔다. 할아버지는 태평하게 타령[77]을 읊는 중이다. 타령이란 그냥 말로 하면 알 것을 괜스레 어려운 가락을 붙여 알아듣지 못하게 만드는 기술이다. 지겹지도 않은지 그런 걸 매일 밤 앓는 사람처럼 읊어대는 할아버지 심사를 모르겠다. 아차, 내가 지금 타령 이야기를 하고 있을 때가 아니다. 월급을 더 주겠다고 하길래 별반 필요하지도 않지만 남아도는 돈을 그냥 쌓아 두게 할 수는 없어서 그러자고 했건만 가고 싶지도 않다는 사람을 억지로 전출 보내고 그 사람 월급을 등쳐 먹다니, 내가 어찌 그런 몰인정한 짓을 할 수 있단 말인가? 당사자는 이대로가 좋다는데 노베오카 벽촌으로 쫓아 보내는 건 대체

---

77 원문은 謠(가면 음악극인 노(能)나 대사 위주의 희극 교겐(狂言) 등의 대사를 노래로 읊는 것)임.

무슨 심보인가? 규슈로 유배 왔던 옛날 현감[78]조차 하카타(博多) 근방에 눌러앉았다. 도망자 가아이마타 고로[79]도 사가라(相良)까지만 들어가지 않았던가? 아무튼 빨강셔츠를 찾아가서 거절하고 와야 직성이 풀리겠다.

하카마[80]로 갈아입고 다시 나갔다. 커다란 현관 앞에 버티고 서서 사람을 부르니 또 그 동생이 나왔다. 내 얼굴을 보고는 또 왔네 하는 눈치다. 용무가 있으면 두 번이든 세 번이든 온다. 한밤중이라고 두들겨 깨우지 못할 것도 없다. 내가 교감 집에 안부 인사나 하러 다닐 사람으로 보이느냐, 이래 봬도 월급이 필요 없어 반납하러 납신 몸이다. 손님을 접대하는 중이라고 하기에 현관에서라도 좋으니 잠깐 뵙겠다며 동생을 다시 들여보냈다. 발아래를 보니 돗자리를 댄 얄따

---

78 원문은 太宰權帥(규슈, 쓰시마 등을 다스리는 관청 太宰府의 대행 장관)임. 여기에서는 좌천 당해 규슈에 부임한 菅原道真(845~903)를 의미함.
79 河合又五郎(1615~1634): 동료 무사 와타나베 겐다유를 죽이고 에도로 도망쳤다가 4년 동안 추적해온 겐다유의 형과 결투 끝에 숨졌음.
80 원문은 小倉の袴(규슈 고쿠라(小倉)지방에서 생산된 하카마)임.

란 나막신[81]이 놓여있다. 안에서 "만세! 다 끝났어요" 하는 소리가 들렸다. 손님은 다름 아닌 알랑쇠였다. 알랑쇠가 아니고는 저렇게 느끼한 목소리를 내고 이렇게 알록달록한 신발을 신을 사람이 없다.

얼마 지나지 않아 빨강셔츠가 손에 램프를 들고 현관으로 나왔다.

"어서 올라오게, 다른 사람이 아니라 요시카와 선생이네."

"아뇨, 여기서 충분합니다. 잠깐만 말하면 됩니다" 하면서 빨강셔츠를 보니 얼굴이 긴토키처럼[82] 벌갰다. 알랑쇠와 한잔 하고 있는 중이었다.

"아까 월급을 올려주겠다고 하셨는데, 생각이 좀 바뀌어서 거절하러 왔습니다."

빨강셔츠는 램프를 앞으로 쑥 내밀어 안쪽에서 내 얼굴을 쳐다보면서 선뜻 대답을 못하고 우뚝 서 있기

---

81 원문은 駒下駄(엄지와 검지 발가락 사이에 끈을 끼워서 신는, 굽이 높은 나막신)임.
82 金時: 온몸이 빨갛고 괴력을 지닌 전설상의 인물.

만 했다. 월급 인상을 거절하는 지구 상의 유일한 인간이 불쑥 튀어나와 놀란 것인지, 혹은 잠깐 사이에 태도가 돌변해서 정나미가 떨어진 것인지, 아니면 두 가지가 짬뽕된 것인지, 입을 묘하게 비틀고 우뚝 서 있다.

"아까는 고가 선생이 자기가 희망해서 전근한다는 이야기여서……."

"고가 선생은 전적으로 자기가 희망해서 전근하는 거네."

"그게 아니에요. 여기 있고 싶어해요. 원래 월급으로도 좋으니 고향에 있고 싶어해요."

"고가 선생이 그리 말하던가?"

"그건……당사자에게 들은 건 아니에요."

"그럼 누구한테 들었지?"

"우리 하숙집 할머니가, 고가 선생네 어머니한테 들은 걸 아까 내게 말했어요."

"그럼 하숙집 할머니가 그렇게 말한 거네?"

"뭐, 그래요."

"미안하지만, 이건 조금 아닌데. 선생 말대로라면 하숙집 할머니가 하는 말은 믿고 교감이 하는 말은 못 믿겠다는 식으로 들리네만, 그런 의미로 해석해도 될까?"

살짝 난감했다. 역시 문학사는 문학사다. 별스런 곳을 헤집고 들어와 슬금슬금 밀어붙인다. 돌아가신 아버지가 "네놈은 덜렁대서 틀렸다, 틀렸어" 하셨는데 역시나 조금 덜렁대는 것 같다. 할멈 말을 듣고 이건 아니다 싶어서 뛰쳐나온 건데, 원래는 끝물과 끝물 어머니를 직접 만나 자세한 사정을 들었어야 했다. 그러니 이렇게 문학사 검법으로 치고 들어오면 막아 내기 어렵다.

정면으로 막아내기는 어렵지만, 나는 이미 마음속으로 빨강셔츠에게 불신의 낙인을 찍어버렸다. 하숙집 할멈이 쩨쩨한 욕심쟁이인 건 맞지만 거짓말을 하는 사람은 아니다. 빨강셔츠처럼 표리가 다르지는 않다. 대답하기 궁해서 이렇게 말했다.

"교감 선생님 말씀이 사실이더라도……아무튼 인

상 건은 사양하겠습니다."

"그것 갈수록 이상하네. 월급을 더 받아서는 안 될 이유가 있어서 자네가 굳이 날 찾아온 것 같은데, 내 설명으로 그 이유가 없어졌는데도 계속 싫다니, 이해가 안 되네."

"이해가 안 되실지 몰라도요, 어쨌거나 싫습니다."

"그렇게까지 싫다면야 강요는 않겠네만, 특별한 이유도 없이 이렇게 몇 시간 사이에 사람이 표변해서야 앞으로 자네의 신용과 관계가 있네."

"관계있어도 상관없습니다."

"상관없을 리가 있나, 인간에게 신용만큼 소중한 것은 없지. 설사 한 걸음 양보해서, 하숙집 할아버지가……."

"할아버지가 아니라 할머니요."

"누구든 상관없어. 하숙집 할머니 말이 사실이라고 쳐도 자네 인상분은 고가 선생의 월급에서 빼낸 게 아니야. 고가 선생은 노베오카로 가셔, 그 후임이 오고. 그런데 그 후임이 고가 선생보다 조금 적게 받고 온단 말이야. 그 차액이 자네에게 돌아가는 것이니 자네는 누구에게도 미안해할 필요가 없는 걸세. 고가 선생은 노베오카에 가서 지금보다 호봉이 올라가고, 신임 선생은 약속대로 싸게 오는 거지. 거기에다 자네 월급이 오르니, 이 이상 어떻게 더 좋을 수 있겠나? 끝까지 싫다면 어쩔 수 없지만 돌아가서 한 번 더 생각해 보게."

나는 머리가 그다지 좋지 않아서 여느 때 같으면 상대가 이렇게 교묘한 언변을 풀어놓으면 "어, 그런가? 그럼 내가 잘못했네?" 하고 고개 숙이고 꼬리를 내리련만 오늘 밤에는 그렇게 못하겠다. 여기에 처음 왔을 때부터 왠지 빨강셔츠가 비위에 거슬렸다. 중간에 여자처럼 친절하게 구는 사람이라고 좋게 생각한 적도 있지만 하는 짓이 친절도 뭣도 아니다 보니 그 반동으로 지금은 더 싫어졌다. 그러니 교감이 아무리 논리적으로 변론을 늘어놓고 아무리 위세 당당한 교감류의 설법으로 나를 닦아세워도 나는 눈썹 하나 까딱하지 않을 것이다. 토론 잘한다고 좋은 사람이 아니다. 거기서 밀린다고 나쁜 사람도 아니다. 겉보기엔 빨강셔츠가 그럴싸하지만 겉이 아무리 좋아 봤자 사람을 뼛속까지 홀리지는 못한다. 돈이나 권세나 논리로 사람 마음을 살 수 있을 것 같으면 고리대금업자나 순사나 대학교수를 제일 좋아해야 맞다. 고작 중학교 교감의 논법에 어찌 내 마음이 움직일 쏘냐. 사람은 마음이 내켜야 움직이는 법이다. 언변으로 움직이는 것이 아니다.

"교감 선생님, 말씀은 지당합니다만, 저는 월급 오르는 게 싫으니 사양하겠습니다. 더 생각해 봐도 마찬가지입니다. 이만 가겠습니다"라는 말을 던지고 문을 나섰다. 머리 위에 은하수가 한줄기 걸려있었다.

9

송별회

끝물 선생의 송별회를 하는 날 아침에 학교에 갔더니 멧돼지가 뜬금없이 기나긴 사죄의 말을 꺼냈다.

"이봐, 일전에 골동품이 찾아와 네가 못되게 굴어서 힘드니 제발 내보내 달라고 부탁하기에 곧이곧대로 믿고 너보고 나가라고 했다만, 나중에 들어봤더니 그 녀석은 가짜 글씨에 위조 낙관을 찍어서 팔아먹고 다니는 작자더라고. 그러니 네 이야기도 틀림없이 그 녀석이 꾸며냈을 거야. 족자 같은 골동품을 팔아 먹으려는데 네가 상대를 안 해주니 돈벌이가 안 됐던 거지. 그래서 없는 말을 만들어 낸 거였어. 내가 그 인간을 잘못 보고 네게 큰 실수를 저질렀다. 용서해라."

나는 아무 말 하지 않고 멧돼지의 책상 위에 있는 1전 5리를 집어 두꺼비지갑에 넣었다. 멧돼지가 의아해하며 그거 무르는 거냐고 물어서 "그렇다. 너한테 얻어먹기 싫어서 돌려주려 했는데 지금 생각해보니 역시나 얻어먹는 게 좋을 거 같아서 도로 가져간다"고 말해주었다. 멧돼지가 큰 소리로 아하하하 웃으며 그럼 왜 진작에 가져가지 않았냐고 물었다. "사실은 몇 번이나 집어가려고 했지만 그게 쉽지 않아서 그냥 놓아두었다. 요즘에는 출근해서 동전을 쳐다보는 게 고역이다"고 했더니 나더러 어지간히 지기 싫어하는 사람이라고 하기에 너는 어지간한 고집불통이라고 해줬다. 그런 뒤에 둘 사이에 이런 문답이 오갔다.

"너 대체 어디 출신이냐?"

"난 도쿄 토박이다."

"음, 도쿄 토박이냐. 어쩐지 지기 싫어하더라."

"넌 어디냐?"

"난 아이즈(会津)[83]다."

---

83 에도 시대에 영주의 폭정으로 농민들의 봉기가 많았던 고장.

"아이즈 싸나이구나. 고집 세겠다. 오늘 송별회 갈 거냐?"

"가고말고. 넌?"

"물론 가야지. 고가 선생 떠나는 날엔 부두까지 배웅 나갈 거야."

"이따 와 봐, 송별회 재밌어. 오늘은 실컷 마셔야겠다."

"맘대로 해라. 나는 안주만 먹고 집에 갈 거다. 술 마시는 놈은 바보다."

"넌 툭하면 싸우자고 덤비더라. 역시나 덜렁대는 도쿄 토박이 그대로다."

"내가 무슨. 송별회에 가기 전에 우리 집에 잠깐 들러라. 할 말이 있으니까."

약속대로 멧돼지가 하숙집에 왔다. 나는 전부터 끝물을 볼 때마다 마음이 짠했는데 막상 송별회 날이 되니 너무 불쌍해서 할 수만 있다면 내가 대신 노베오카에 가주고 싶었다. 그래서 송별회 자리에서 한바탕 연설을 해서 분위기를 띄워주고 싶지만 길거리 장사꾼 같은 도쿄 말투[84]로는 도움이 안 되니 목소리가 우렁찬 멧돼지를 시켜 빨강셔츠의 간담을 서늘하게 해줄 심산으로 멧돼지를 부른 것이다.

우선 마돈나 사건부터 이야기를 꺼냈다. 물론 마돈나 건에 대해서는 멧돼지가 나보다 더 자세히 알고 있었다. 미나리 강 강둑에서 있었던 일을 말하면서 그 인간은 바보 같다고 했더니 멧돼지가 "너는 아무나 붙잡고 바보 취급하더라. 아까 학교에서 나더러 바보라고 했지? 내가 바보면 빨강셔츠는 바보가 아니야"라며 자기는 빨강셔츠와 같은 부류가 아니라고 주장했다. 그럼 빨강셔츠는 쓸개 빠진 천치라고 했더니 멧돼지가 좋아라 했다. 멧돼지는 힘만 세지 이런 이야기가 나오면 나보다 한 수 아래다. 아이즈 싸나이란 게 고작 이 정도인가 보다.

또 월급 인상 건과 장차 요직에 등용하겠다던 빨강

---

84 원문은 べらんめえ調子(도쿄의 상공인들이 쓰던 위세 좋고 억양이 높은 말투)임.

셔츠의 말을 들려줬더니 멧돼지가 흥 하고 콧방귀를 뀌면서 "그럼 날 면직시킬 요량이로구나" 했다. "면직이라니, 너 면직 당할 거야?" 하고 물으니 "당하긴 누가 당해, 내가 면직 당하면 빨강셔츠도 그만두게 만들 거야"라고 큰소리 쳤다. 어떻게 그만두게 만들 거냐고 재차 물으니 거기까지는 아직 생각 안 했단다. 멧돼지가 힘은 세도 지혜는 별로 없는 것 같았다. 내가 월급 인상을 거절한 일도 말했더니 이 친구 몹시 좋아하며 "역시 도쿄 토박이네, 잘했어" 하고 칭찬해 주었다.

끝물이 그토록 가기 싫어하는데 왜 도와주지 않았느냐고 물었더니 끝물에게 사정 이야기를 들었을 때에는 모든 것이 결정된 뒤라 교장에게 두 번, 빨강셔츠에게 한 번 따졌지만 이미 엎질러진 물이었다고 했다. 이번 일만 보아도 고가 선생은 사람이 너무 좋아서 문제다. 처음에 빨강셔츠가 이야기를 꺼낼 때 단호하게 거절하든지 좀 더 생각해보겠다고 한발 뺐어야 하는데 교감의 언변에 휘둘려 가겠다고 덜컥 답을 해

버렸으니 나중에 모친이 울고불고 매달리고 자기도 따지러 갔지만 허사였다고 몹시 속상해했다.

　이번 건은 순전히 빨강셔츠가 끝물을 쫓아 보내고 마돈나를 차지하려는 책략일 거라고 내가 말했더니 "두말하면 잔소리지. 그 녀석은 멀쩡한 얼굴을 하고 못된 짓을 저지르면서 누가 무슨 말을 할라치면 벌써 빠져나갈 구멍을 만들어 놓고 기다리는 놈이야. 여간 교활한 놈이 아니거든. 그런 놈은 그저 주먹으로 다스려야 약발이 먹혀"라며 알통이 울퉁불퉁 튀어나온 팔뚝을 걷어 올렸다. 거기에 대고 내가 "힘 좋게 생겼네, 유도라도 해?" 하고 물어보았다. 그랬더니 이 친구, 알통에 힘을 꽉 주면서 한번 만져보라고 했다. 손가락 끝으로 문질러보았더니 별 것도 아니다, 목욕탕의 때 미는 돌처럼 생겼다. 너무 감탄한 나머지 내가 그 정도 팔뚝이면 빨강셔츠 대여섯은 한 방에 날아가겠다고 했더니 두말하면 잔소리라며 팔을 굽혔다 폈다 했다. 알통이 왔다 갔다 했다. 정말 신났다. 멧돼지 본인의 증언에 따르면 노끈 두 가닥을 꼬아서 알통이

있는 곳에 감아놓고 얍 하고 팔을 굽히면 툭 끊어진
단다. 노끈이라면 나도 할 수 있다고 했더니 안 될 것
이다, 할 수 있으면 한번 해봐라 하며 역공으로 나왔
다. 끊어지지 않으면 악소문이 돌 것 같아 다음으로
미뤘다.

"이봐, 어때, 오늘 저녁에 송별회에서 진탕 마시고
빨강셔츠랑 알랑쇠를 패줄까?"하고 농담 반 진담 반
으로 말했더니 멧돼지가 "글쎄……"하고 잠시 생각하
다가 오늘 밤에는 그냥 두자고 했다. 이유를 물은 즉,
"오늘 그랬다간 고가에게 미안하잖아. 그리고 어차피
손볼 거면 그 자식들 약점을 잡아 현장에서 해치워야
지 안 그러면 우리가 걸려들어"하고 제법 분별 있는
소리를 했다. 멧돼지가 나보다는 생각이 있어 보였다.

"그럼 일장 연설을 해서 고가 선생을 잔뜩 띄워줘
라. 내가 하면 도쿄의 나불나불이 돼버려서 무게감이
떨어지거든. 정작 말을 해야 할 때에는 신물이 올라오
고 목구멍에 덩어리가 걸려 말이 나오질 않으니까 너
한테 양보할게"했더니 멧돼지가 "희한한 병이네, 그

럼 넌 사람들 앞에서는 말을 못하는 거야? 답답하겠네" 하고 물었다. 나는 많이 답답하지는 않다고 대답했다.

그럭저럭 하는 사이에 시간이 되어 멧돼지와 함께 회식 장소로 갔다. 회식 장소는 화신정(花晨亭)이라고 해서 이 고장에서 제일가는 요릿집이라는데 나는 한 번도 들어가 본 적이 없다. 옛날에 정승[85]을 지낸 사람의 저택을 사들여 개업했다던데 역시나 밖에서 보기만 해도 으리으리하다. 정승 집을 요릿집으로 바꾸다니, 이런 건 곤룡포[86]를 뜯어다 속저고리[87] 짓는 거나 진배없다.

우리가 도착할 즈음에는 사람들도 거의 모여 다다미 쉰 장짜리 연회실 여기저기에 몇 명씩 인간 무더기가 만들어져 있었다. 다다미가 쉰 장이나 깔린 만큼 도코노마도 크고 멋졌다. 내가 산성집 여관에서 차

---

85 원문은 家老(다이묘의 으뜸 가신, 정무를 총괄하던 직책)임.
86 원문은 陣羽織(장수가 갑옷 위에 걸쳐 입는 소매 없는 겉옷)임.
87 원문은 胴着(보온용으로 껴입는 소매 없는 속저고리)임.

지했던 열다섯 장짜리 방에 있던 것과는 비교가 안 된다. 폭을 재보니 열두 자였다. 오른편에 빨간 문양이 새겨진 세토모노[88] 화병이 놓여있고 거기에 굵직한 소나무 가지가 꽂혀있었다. 솔가지를 꽂아 뭘 하자는 건지 모르겠지만 몇 달이 지나도 시들 걱정 없으니 돈 안 들어 좋겠다. 저 세토모노는 어디서 만든 거냐고 과학 선생에게 물었더니 그건 세토모노가 아니라 이마리[89]란다. 이마리도 세토모노 아니냐고 물었더니 과학이 에헤헤헤 하고 웃었다. 나중에 물어본 바로는 세토모노는 세토에서 만들어지는 도자기라 그렇게 부르는 거라고 했다. 내가 도쿄 사람이다 보니 도자기는 전부 세토모노라고 부르는 줄 알았다. 도코노마 한가운데에 큼직한 족자가 걸려있는데 내 얼굴만한 한자가 스물여덟 글자[90] 쓰여있다. 참 못 썼다. 너무 엉터리라 한문 선생에게 왜 저런 글을 요란하게 걸어놓느

88 瀬戸物: 세토시(瀬戸市) 일대에서 만들어지는 명품 도자기.
89 伊万里: 사가현에서 생산되어 이마리항(港)에서 실려나가는 도자기의 총칭.
90 칠언절구의 한시로 추정됨.

냐고 물어보았더니, 그건 가이오쿠[91]라는 유명한 서예가가 쓴 글이라고 알려주었다. 가이오쿠가 누군지 몰라도 하여간 내가 보기에는 못 썼다.

이윽고 서기인 가와무라가 착석하라고 하길래 등을 기대기 좋도록 기둥이 있는 곳에 앉았다. 가이오쿠 족자 앞에 너구리가 하오리에 하카마 차림으로 착석했고 그 왼쪽에 빨강셔츠도 하오리에 하카마 차림으로 자리잡았다. 주인공 자리인 오른쪽에는 끝물 선생이 똑같은 전통 복장으로 서 있다. 나는 양복이라 무릎 꿇고 있기 거북해서 얼른 양반다리로 고쳐 앉았다. 옆에 앉은 체육 선생은 새까맣게 그을린 얼굴로 단정하게 무릎 꿇고 앉아있다. 체육 선생이니만큼 쓸데없이 내공이 깊다. 드디어 상이 차려져 나오고 여기저기에 술병[92]이 놓였다. 간사가 일어나 송별회를 개시한다고 말했다. 너구리가 일어났다. 다음에는 빨강셔츠

---

91 貫名海屋(1778~1863): 에도 후기의 3대 서예가 중 한 사람. 한자 서도의 일인자.
92 원문은 德利(주둥이가 홀쭉한 술병)임.

가 일어났다. 일어서는 족족 송별사를 읊는데 세 사람이 약속이나 한 듯이 끝물 선생은 좋은 교사이자 훌륭한 인물이라는 점을 떠벌리고 '이번에 떠나시게 되어 매우 유감이다, 학교뿐 아니라 개인적으로도 매우 안타깝지만 일신상의 사정으로 간절히 전출을 희망하셨기에 어쩔 도리가 없다'는 취지의 말을 했다. 이런 거짓말을 늘어놓으며 송별회를 벌이고도 부끄럽다는 생각은 눈곱만치도 안 한다. 특히 빨강셔츠에 이르러서는 세 사람 가운데 최고로 끝물 선생을 추어올렸다. '이렇게 좋은 친구를 잃는 것은 실로 자기에게 큰 불행'이라는 말까지 했다. 더욱이 말하는 모습이 지극히 진지하고 예의 간드러진 목소리를 한결 더 나긋나긋하게 해서 말을 하니 처음 듣는 사람은 누구나 속아 넘어갈 수밖에 없다. 보나마나 마돈나도 이런 수법으로 낚았을 것이다. 빨강셔츠가 한창 고별 인사를 하고 있는데 맞은편에 앉아있던 멧돼지가 나를 보고 눈을 깜짝였다. 나는 대답으로 검지손가락으로 눈꺼풀을 끌어내리며 "메롱" 해주었다.

빨강셔츠가 송별사를 마치고 자리로 돌아가기를 기다리다 못한 멧돼지가 벌떡 일어나는 것을 보고 내가 너무 기뻐 엉겁결에 박수를 쳤다. "짝짝짝." 그러자 너구리를 비롯한 일동 모두가 나를 쳐다보는 데는 조금 난감했다. 멧돼지가 무슨 말을 하나 들어봤더니 이런 말을 했다.

"방금 교장 선생님을 비롯하여, 특히 교감 선생님은 고가 선생의 전출을 대단히 아쉬워하셨는데 저는 그 반대입니다. 고가 선생은 하루빨리 이곳을 떠나시기 바랍니다. 노베오카는 벽지의 땅이라 여기에 비하면 물질적으로 불편한 점이 많겠지요. 하지만 들리는 바로는 풍기가 매우 순박한 곳이어서 교사, 학생 할 것 없이 예로부터 박직한 기풍을 지니고 있다고 합니다. 마음에도 없는 아부를 떨거나 번듯한 얼굴을 하고 군자를 모함하거나 하는 하이칼라 놈은 한 명도 없으리라고 믿어 마지않기에, 당신처럼 온량독후(溫良篤厚)한 선비는 반드시 그 고장 모든 사람들에게 환영받을 것입니다. 우리는 고가 선생을 위해 이번 전출을 진심으로 축하하는 바입니다. 끝으로, 당신이 노베오카에 가시거든 그 고장의 숙녀 가운데 군자의 배필이 될 자격이 있는 여인을 골라 하루빨리 원만한 가정을 이루어[93] 그 부정하고 지조 없는 바람둥이가 부끄러워 고개를 들고 다니지 못하도록 하시기 바랍니다."

그러고는 어험, 어험 헛기침을 크게 두 번 하고 자리에 앉았다. 이번에도 손뼉을 칠까 했지만 또 모두 나를 쳐다볼 것이라 참았다.

멧돼지가 자리에 앉자 이번에는 끝물이 일어났다. 끝물은 앉았던 자리에서 연회장 끝의 말석까지 공손히 걸어가 일동에게 정중하게 인사하고 나서 말했다.

"이번에 개인적인 사정으로 규슈에 가게 되었습니다만, 여러 선생님들께서 소생을 위해 이렇게 성대한 송별회를 베풀어 주셔서 정말 큰 감명을 받아 뭐라 말씀 드려야 할지……더욱이 방금 교장, 교감 선생님과 많은 분께서 격려 말씀을 주셔서 대단히 감사합니다. 마음속 깊이 간직하겠습니다. 저는 이제 멀리 떠납니

---

93 시경(詩經)의 한 구절을 비튼 말.

다만 부디 앞으로도 변함없이 저를 잊지 말고 지켜보
아 주시기 바랍니다."

끝물이 넙죽 절하고 자리로 돌아갔다. 끝물은 도대
체 어디까지 사람이 좋은 건지 가늠을 못하겠다. 이렇
게 자기를 바보 취급하는 교장과 교감에게도 공손하
게 감사를 표한다. 그것도 도리상으로 하는 인사라면
또 모르겠는데, 말투며 표정이며 하는 몸짓으로 보아
서는 진심에서 우러나는 것 같다. 이만한 성인(聖人)
이 정성으로 감사 표시를 하면 송구한 마음에 얼굴이
라도 붉어지련만 너구리나 빨강셔츠나 꼬박꼬박 듣
고만 있다.

인사말이 끝나자 이쪽에서도 쭉, 저쪽에서도 쭉 하
는 소리가 났다. 나도 흉내 내서 국물을 들이켜보았는
데 영 맛이 없다. 전채로 가마보코가 나오긴 했어도
거무튀튀하고 못생긴 지쿠와[94]다. 회도 있지만 두꺼워
서 참치 토막을 생으로 뜯어먹는 거나 마찬가지다. 그
런데도 다들 냠냠 쩝쩝 맛있게 먹고 있다. 하긴, 도쿄

---

94 원통 모양으로 구워낸 값싼 가마보코.

요리를 먹어 보기나 했겠나.

데운 술병이 부산하게 오가기 시작하더니 순식간에 사방에서 흥이 올랐다. 알랑쇠는 교장 앞에 가서 굽실거리며 술잔을 받는 중이다. 재수 없는 놈! 끝물은 모두에게 술을 권하며 한 바퀴 돌 태세다. 고생이 이만저만 아니겠다. 끝물이 내 앞에 와서 하카마를 여미고 한 잔 달라기에 나도 양복 바지 차림으로 어중간하게 무릎을 꿇고 한 잔 따라주었다. "모처럼 뵈었는데 이렇게 곧바로 헤어지려니 아쉽습니다. 떠나시는 게 언젭니까, 꼭 부두로 배웅 나갈게요" 했더니 끝물은 "아니요, 바쁘실 텐데 그럴 것까지 없습니다" 했다. 본인이 뭐라 하든 나는 학교를 쉬고 배웅 나갈 작정이다.

한 시간쯤 지나자 술자리가 많이 흐트러졌다. "자자, 한 잔 해" "어허 내가 마시라는데도……" 해가며 혀가 꼬부라진 사람도 하나둘 나왔다. 조금 따분하길래 변소에 가서 별빛 아래서 옛날식 정원을 바라보고 있는데 멧돼지가 따라 나왔다.

"어때, 아까 연설 쓸만했지?" 멧돼지가 의기양양해

서 물었다. 아주 쓸만했지만 한 군데 마음에 들지 않는다고 이의를 달았더니 어디가 불만이냐고 물었다.

"번듯한 얼굴을 하고 군자를 모함하는 하이칼라 놈이 노베오카에는 없으니……라고 했지?"

"응."

"하이칼라 놈만으로는 부족해."

"그럼 뭐라고 해?"

"하이칼라 놈에, 사기꾼에, 야바위꾼에, 양의 탈을 쓴 늑대에, 협잡꾼에, 날다람쥐에, 순사 끄나풀에, 멍멍 짖기만 하면 진짜 개가 될 놈이라고 해야지."

"우와, 너 말 잘한다. 우선 아는 단어가 아주 많아. 그런데 왜 연설은 안될까? 희한하네."

"에이 뭘, 이건 싸울 때 써먹으려고 연습해 둔 말이야. 연설하려면 이렇게 안 나와."

"그래? 하지만 술술 나오잖아. 한 번 더 해봐."

"얼마든지 할 수 있어. 하이칼라 놈에 사기꾼에 야바위꾼에……" 하고 있는데 복도를 쿵쾅거리며 두 사람이 비틀비틀 걸어 나왔다.

"거 두 사람 너무하네……내빼다니……내가 있는 동안에는 그렇게 안 되지, 자 마시자. ……사기꾼? ……웃겨……꺼억. 마시자니깐"하며 우리를 잡아 끌었다. 실은 이 둘도 용변 차 나왔는데 술에 취해 변소에 가는 것을 까먹고 우리에게 들러붙은 것이다. 술주정뱅이는 눈앞에 보이는 것에만 정신이 팔려 하려던 일을 잊어버리는 법이다.

"여러부운, 사기꾼 하나 잡아왔소. 술 더 먹입시다. 사기꾼 입에서 곡소리가 나올 때까지 먹입시다. 어허, 도망가면 안 되지"하고 가만히 있는 나를 벽에 밀어붙였다. 주위를 둘러보니 안주가 제대로 남아 있는 술상은 한 군데도 없다. 자기 몫은 깨끗하게 해치우고 멀리까지 안주 원정에 나선 작자도 있다. 교장은 언제 빠져나갔는지 보이지 않는다.

그때, "행사장이 여기?"하며 기생 서너 명이 들어왔다. 나는 조금 놀랐지만 벽에 밀쳐져 있으니 그냥 보고 있을 수밖에 없었다. 그러자 지금까지 도코노마 기둥에 기대어 보란 듯이 담배파이프를 입에 물고 있

던 빨강셔츠가 벌떡 일어나 허겁지겁 연회장을 빠져
나가려 했다. 안으로 들어오던 기생 하나가 엇갈려 지
나칠 때 웃으며 인사했다. 제일 어리고 제일 예쁜 여
자였다. 멀어서 들리진 않았지만 "어머, 안녕하세요"
하는 것 같았다. 빨강셔츠가 못 들은 척하며 연회장을
빠져나가더니 그 길로 사라졌다. 아마 교장 뒤를 따라
집으로 돌아갔을 것이다.

　기생이 들어오자 일동 전체가 함성을 질러 환영하
나 싶을 정도로 순식간에 분위기가 살아나며 떠들썩
해졌다. 어느 작자는 숫자 맞추기[95] 판을 벌였는데 노
는 소리가 얼마나 큰지 마치 약장수가 칼싸움[96] 공연
을 하는 것 같다. 이쪽에서는 권법[97]을 흉내 내는 중이
다. "얍" "이얏" 하며 무아지경으로 두 손을 휘두르는
모습이 영국 극단[98]이 하는 인형극보다 훨씬 신명 난

95 원문은 なんこ(손에 숨긴 콩, 작은 돌, 젓가락 쪼가리 등의 숫자를
맞혀 내기를 하거나 벌칙을 부여하는 술자리 놀이)임.
96 원문은 居合(기회를 노려 단숨에 칼을 뽑아 상대를 베는 검술)임.
97 원문은 拳(근거리에서 주먹과 팔만으로 하는 무술)임.
98 원문은 다크 극단(1894~1905에 걸쳐 일본에서 공연한 영국 극단
의 이름)임.

송별회　219

다. 저편 구석에서는 술병을 흔들며 "술 가져와, 술!" 하고 소리치고 있다. 도대체 시끄럽기 그지없고 정신 사납기 짝이 없다. 이런 난장판 속에서 우두커니 바닥을 내려보며 생각에 잠겨있는 사람 하나가 있었다. 바로 끝물이었다. 사람들이 송별회를 벌인 건 그가 가는 게 아쉬워서가 아니었다. 자기들끼리 술 마시고 놀기 위해서다. 끝물 혼자 버려두고 외롭게 만들려는 것이다. 이런 송별회라면 아예 벌이지나 말 일이다.

조금 있으려니 누군가 맛이 간 목소리로 알아듣지 못할 노래를 웅얼거렸다. 또 기생 하나는 내 앞에 와서 "선생님, 뭐 노래하나 하셔요" 하며 샤미센[99]을 옆구리에 착 붙였다. "나는 노래 안 한다, 너나 한 곡 해봐라"고 했더니 기생이 노래를 시작했다.

"징이랑 북이랑 들고요~

집 나간 집 나간 산타로를~

덩기덩 덩기덩기덩~

---

99 三味線: 네모난 납작한 동체 양쪽에 고양이 가죽을 대고 세 줄로 연주하는 현악기.

두드리고 다니다~

만날 수만 있다면~

이 몸도 징이랑 북이랑~

덩기덩 덩기덩기덩~

두드리고 다니다~

만나고 싶은 사람 있어요~"

이 기생, 두 소절 부르고는 "아이 힘들어" 했다. 저
런, 아이 힘들 바에는 좀 더 쉬운 걸로 할 것이지.

그러자 어느 틈에 옆에 와서 앉아 있던 알랑쇠가
"스즈짱, 드디어 사랑하는 사람을 만났건만, 만나자
마자 이별이라, 아~ 슬프다, 이를 어쩌란 말인가~"
하고 변사 같은 말투로 대사를 읊었다. "어머, 몰라
요" 하고 기생이 샐쭉해졌다. 그러거나 말거나 알랑
쇠는 "우연히 만나기는 만났으나[100]……" 하고 밉살스
런 목소리로 또 이야기꾼[101]의 흉내를 냈다. "그만 하

---

100 浄瑠璃(샤미센을 반주로 하여 엮어가는 인형극) '生写朝顔話'의
한 소절.
101 원문은 義太夫(浄瑠璃에서 대사를 읊는 사람)임.

셔욧"하며 기생이 손바닥으로 알랑쇠의 무릎을 탁
치자 알랑쇠는 좋아서 입이 귀에 걸렸다. 이 기생은
아까 빨강셔츠에게 인사한 녀석이다. 기생한테 얻어
맞고 해롱대다니 알랑쇠도 어지간히 덜떨어진 놈이
다. 거기에다 "스즈짱, 내가 기노쿠니 춤[102]을 한 자락
출 테니 노래 한 곡 켜보소"하며 자리에서 일어났다.
춤까지 출 기세다.

맞은편에서는 한문 할아버지가 이빨 없는 입을 합
죽거리며 "아, 안 들려요~/ 덴베[103]씨~/ 당신과 나 사
이에~"까지는 잘 불러놓고는 "다음이 뭐지?" 하고 기
생에게 묻는다. 할아버지는 기억력이 떨어지기 마련
이다. 기생 하나가 과학 선생을 붙들고 노래한다.

"요즘 이런 노래가 나왔어요. 한번 불러볼까요? 잘
들어보셔요.

이나하레야~

---

102 紀伊の国: 에도 시대부터 술자리에서 춤추며 부르던 잡가(俗謠)
의 곡명.
103 伝兵衛: 1696년에 캄차카로 표류하여 러시아에서 최초의 일본어
교사가 된 사람 이름.

틀어올린 머리[104]~

하얀 리본에~

하이칼라 머리~

타는 것은 자전거~

켜는 것은 바이올린~

어설픈 영어로 쏼라쏼라~

I am glad to see you~"

그러자 듣고 있던 과학 선생이 "얼씨구 신난다, 영어도 들어갔네?" 하고 감탄했다.

멧돼지가 뜬금없이 큰 소리로 "게이샤, 게이샤!" 하고 부르더니 자기가 검무를 출 테니 샤미센을 연주하라고 호령했다. 무지막지한 말에 기생이 어안이 벙벙해서 대답도 못 한다. 멧돼지가 기생은 아랑곳하지 않고 작대기 하나를 들고 오더니 "답파~/ 천산만악의 구름~[105]" 하며 연회장 한가운데로 뛰쳐나가 비장의 춤

---

104 원문은 花月巻(가케쓰마키-긴바시 요리점 마담 가케쓰(花月)가 시작했다는 머리 모양)임.
105 막부 말기의 친왕파 斉藤一徳가 지은, 왕을 구출한다는 내용의 시의 일부분.

솜씨를 펼쳤다. 한쪽에서는 알랑쇠가 기노쿠니 춤을 다 추고, 갓포레 춤[106]을 다 추고, 선반 위의 달마님[107]을 다 추고, 홀랑 벗고 훈도시 한 장만 걸치고 사타구니에 빗자루를 끼우고 "청일 담판이 결렬해서리[108]……" 어 쩌고 하며 방 안에서 행진을 시작했다. 완전히 미친 놈이다.

나는 아까부터 갑갑하게 하카마도 벗지 못하고 자리를 지키고 있는 끝물이 안쓰러웠다. 아무리 주인공이라고 해도 하카마에 하오리를 차려 입고 훈도시 춤까지 지켜볼 필요는 없을 듯싶어 곁에 가서 "고가 선생, 이제 들어가시지요" 하고 권했다. 그래도 끝물 선생은 "오늘은 제 송별회니 제가 먼저 가면 실례지요. 걱정 마시고 더 노세요" 하며 일어날 기색이 없다. "신경 쓸 것 없어요, 송별회가 송별회 같아야지요, 노는

---

106 잡가나 속곡에 맞추어 추는 익살스러운 춤. 메이지 시대부터 가부키와 술자리에서 활발히 공연되었음. '갓포레, 갓포레' 하는 추임새에서 비롯된 이름.
107 잡가의 한 가지.
108 당시에 유행한 노래 가사의 첫 구절(청일전쟁 개시를 앞두고 전의를 고양시키는 내용).

것 좀 보세요, 이게 미친놈 경연대회지 뭐예요. 자, 갑시다" 하고 억지로 권해서 행사장을 나서려는 참이었다. 알랑쇠가 빗자루를 마구 휘두르며 돌진해 왔다.

"뭐야, 주인공이 먼저 가면 어떡해. 에잇, 청일 담판이닷!" 하며 빗자루를 늬어 들고 우리를 막아 섰다. 나는 아까부터 심기가 불편했던 터라 "에라, 이게 청일 담판이면 네놈은 뙈놈이닷!" 하고 알랑쇠의 머리통에 주먹을 한 방 날렸다. 알랑쇠는 2, 3초 동안 넋이 빠져있다가 "어? 이거 뭐야, 나를 때렸어? 감히 이 요시카와 노다에게 손찌검을 하다니, 에잇 이제 진짜 청일 담판이닷" 어쩌고 하며 횡설수설하기 시작했다. 소동이 일어난 것을 알아챈 멧돼지가 추던 검무를 멈추고 뒤에서 번개 같이 날아와 알랑쇠가 하는 꼬락서니를 보고 목덜미를 낚아채 원래 자리에 가져다 놓았다. "청일……아야, 아야! 막 폭력을 쓰네" 하며 버둥대는 것을 내가 옆으로 잡아챘더니 벌러덩 나동그라졌다. 그 뒤는 어떻게 되었는지 모른다. 중간에 끝물과 헤어져 집에 돌아오니 열한 시가 넘었다.

10

패싸움

승전기념일[109]이라서 학교는 휴교했다. 군부대 연병
장에서 기념식이 열린다고 해서 너구리는 학생을 인
솔하여 행사에 참가해야 한다. 나도 교직원의 일원으
로 따라갔다. 시내에 들어서니 길거리는 온통 일장기
로 뒤덮여 눈이 부실 정도였다. 학생이 8백 명이나 되
다 보니 체육 선생이 대오를 정렬시켜 각 반과 반 사
이에 간격을 두고 그곳에 통제 교사 한두 명이 감독
으로 들어가는 대형을 만들었다. 언뜻 보면 기발한 대
형 같지만 실제로는 엉성하기 그지없는 대형이었다.
학생은 어리고 건방진데다 규율을 어겨야 학생의 체

---

109 러일전쟁 승전기념일.

면이 선다고 생각하는 녀석들이라 교사 몇 사람 붙어 있어 봤자 아무 소용 없다. 지시도 내리지 않았는데 멋대로 군가를 부르고, 군가가 끝나면 우- 하고 까닭도 없이 고함을 지르는 것이 동네를 휘젓고 다니는 낭인무사[110]와 다를 바 없다. 군가를 부르지 않고 고함도 지르시 않을 때는 와글바글 떠든다. 떠들지 잃아도 걷는데 아무 지장 없으련만 일본인은 하나같이 태어날 때 입부터 나오다 보니 아무리 잔소리를 해도 듣지 않는다. 거기에 떠들어도 그냥 떠드는 게 아니라 선생 욕을 하며 떠드니 더 못됐다. 나는 숙직 사건으로 학생들의 사과를 받으면서 내심 이 정도면 됐으려니 싶었다. 그런데 사실은 큰 착각이었다. 하숙집 할멈의 말을 빌자면 빗나가도 한참 빗나간 허방이다. 학생들이 빈 것은 잘못을 진심으로 뉘우쳐서 빈 게 아니었다. 교장이 명령하니 그저 형식적으로 고개만 숙인 것이었다. 장사꾼이 머리만 조아리지 약삭빠른 짓을 계속 하듯 학생들도 사과만 했지 장난을 그만둘 생각

---

110 섬길 주인이 없이 떠도는 무가(武家) 시대의 무사.

은 눈곱만치도 없는 것이다. 가만 생각해보니 세상이 전부 이런 학생 같은 인간들로 이루어져 있는 것 같다. 누가 사과하거나 용서를 빈다고 해서 곧이곧대로 받아들였다간 착한 바보 꼴 난다. 빌어도 가짜로 빌고 용서를 해도 가짜로 용서하는 줄로 알고 있어야 살아가는데 지장 없다. 만약 진짜로 사과 받고 싶으면 진짜로 후회할 때까지 늘씬 두들겨 패야 한다.

내가 대열 속에서 걷고 있는데 국수가 어떻고 경단이 어떻고 하는 소리가 계속 들려왔다. 그런데 사람이 많아서 누가 말하는지 알 수 없었다. 설령 알아낸다 해도 '선생님더러 튀김이라고 한 게 아니고요, 경단이라고 부른 게 아니에요. 선생님, 신경이 쇠약해져서 혼자 그렇게 들리나 봐요'라는 식으로 나올 게 뻔하다. 이런 비열한 근성은 봉건시대부터 이 땅에 뿌리박힌 습관이라 아무리 알려주고 가르쳐줘도 절대 고쳐지지 않는다. 때묻지 않은 나도 이런 곳에 일 년쯤 살다 보면 똑같은 짓을 하고 있을지 모른다. 상대가 요리조리 말로 빠져나가며 내 얼굴에 똥칠을 하는데 앉아서 당하고만 있을 천치가 세상 어디에 있을 쏘냐. 녀석들이 사람이면 나도 사람이다. 학생이고 어리다고는 해도 덩치는 나보다 크지 않나. 그러니 뭔가 벌을 내려 되갚아 주지 않으면 뒷맛이 개운치 않다. 하지만 한 방 먹이려고 섣불리 덤볐다가는 상대가 받아치고 나올 것이다. 네놈이 나빠서 그랬다고 하면 처음부터 이미 도망갈 길을 만들어 놓았으니 말로 해보자고 덤빌 거다. 그렇게 말로 떠들어서 그럴듯하게 포장해놓고 나면 내 약점을 헤집고 들어오겠지. 처음부터 앙갚음 하려고 한 일이니 내가 하는 말은 상대의 잘못이 명명백백하게 드러나지 않으면 먹혀 들지 않는다. 요컨대 일은 상대가 저질렀어도 세상은 내가 싸움을 걸은 것으로 치부해버리는 것이다. 그래서는 손해 막심이다. 그렇다고 저쪽에서 하자는 대로 날 잡아 잡수하고 있으면 갈수록 기고만장해져서 조금 거창하게 말하면 세상에 보탬이 안 된다. 이젠 어쩔 수 없다. 나도 상대의 수법을 흉내 내 꼬투리를 잡히지 않으면서 상대가 손을 쓰지 못하는 방법으로 되갚아줘야겠다.

이래서야 도쿄 토박이도 볼 장 다 봤다. 볼 장은 다 보더라도 이런 식으로 일 년간이나 당하고 지낼 바에는 차라리 여기서 끝장 내야겠다. 나도 인간이다. 어서 돌아가 도쿄에서 기요랑 살아야겠다. 이런 데 산다는 건 타락하기로 작정한 인간들이나 하는 짓이다. 신문 배달을 할지언정 그렇게까지 타락하고 싶지는 않다.

이런 생각을 하며 소 끌려가듯 따라가고 있는데 갑자기 선두 쪽에서 웅성거리는 소리가 났다. 동시에 행렬이 뚝 멈춰 섰다. 심상치 않아 대열 오른쪽으로 빠져나가 전방을 보니 야쿠시마치로 꺾어지는 오오테마치의 막다른 길 모퉁이에서 행렬이 멈춘 채 밀었다 밀렸다 하며 옥신각신하고 있었다. 전방에서 "조용, 조용히 해!"하고 소리치며 다가온 체육 선생에게 무슨 일이냐고 물었더니 중학교와 사범학교가 충돌했다고 한다.

중학교와 사범학교[111]는 어느 현에서나 개와 원숭이처럼 사이가 나쁘다고 한다. 왜 그런지 몰라도 기풍이 전혀 맞지 않는다. 무슨 일만 있으면 싸운다. 아마 손바닥만한 촌구석에서 따분하니 심심풀이로 하는 짓일 게다. 나는 싸움을 좋아하는 사람이라 충돌이라는 말이 귀에 들어오자 장난기가 발동해 득달같이 쫓아갔다. 가서 보니 앞에 있는 학생들은 "뭐야, 지방세[112] 주제에, 비켜!" 하고 고함치고, 뒤쪽에서는 "밀어! 밀어!" 하는 소리가 들렸다. 내가 거치적거리는 학생들 사이로 빠져나가 모퉁이에 막 들어서려던 순간, "앞으로!" 하는 날카로운 구령이 들리나 했더니 사범학교 쪽이 숙숙히 행진을 개시했다. 먼저 가겠다고 충돌했다가 가닥이 잡혔나 본데, 결국 중학교가 한발 양보한 것 같았다. 자격으로 치면 사범학교가 한 수 위란다.

---

111 소학교 교사를 양성하던 학교. 작자가 교사로 근무했던 松山市에는 아이히메현 보통사범학교(현재 아이히메대학 교육학부 전신)가 있었음.
112 사범학교를 비하한 말(보통중학교는 사립학교인 반면 사범학교는 지방세를 보조 받고 있었음).

기념식은 극히 간단했다. 여단장이 축사를 읽고, 지사가 축사를 읽고, 참석자들이 만세를 불렀다. 그것으로 끝이었다. 뒤풀이는 오후에 열린다고 해서 하숙집에 돌아와 전부터 마음에 걸렸던 일을 하기로 했다. 바로 기요에게 답장을 쓰는 것이었다. 다음에는 더 자세히 쓰라고 주문했으니 가급적 꼼꼼히 써야 한다. 그런데 막상 종이[113]를 펼쳐놓고 나니 쓸 말은 많은데 무엇부터 써야 할지 모르겠다. 그걸 쓸까? 그건 귀찮아. 이걸 쓸까? 이건 시시해. 뭔가 술술 나오고, 힘 안 들고, 그러면서 기요가 재미있어 할 게 없을까 생각해보았는데 그런 조건에 들어맞는 사건은 하나도 생각나지 않았다. 먹을 갈고, 붓을 적시고, 종이를 노려보고……종이를 노려보고, 붓을 적시고, 먹을 갈고……똑같은 동작을 몇 번이나 되풀이 한 끝에 나는 도저히 편지를 쓸 인물이 못 된다고 포기하고 벼루 뚜껑을 덮어버렸다. 편지 쓰는 것이 참 힘들다. 아무래도 도쿄에 가서 편하게 말로 해야겠다. 기요가 염려하는 줄을

---

113 원문은 半切れ임. 160쪽 각주66 참조.

모르지는 않지만 기요 주문대로 편지를 쓴다는 것은 삼칠에 21일간 단식하기보다 더 힘들다.

나는 붓과 종이를 내던지고 벌렁 드러누워 팔을 베고 마당을 바라보았다. 아무래도 기요가 마음에 걸린다. 그래서 이렇게 생각했다. '이렇게 멀리 떨어져 있어도 마음속으로 기요 걱정을 하면 내 진심이 기요에게 전해질 거야. 진심이 전해지기만 하면 편지 따위가 무슨 소용이람. 소식이 없으면 잘 지내는 줄 알겠지. 소식은 죽거나 병들거나 무슨 일이 일어났을 때 보내면 되는 거야.'

열 평쯤 되는 평평한 마당에는 변변한 나무도 없다. 다만 귤나무가 한 그루 서 있는데 높아서 담장 밖에서도 잘 보인다. 나는 집에 오면 늘 이 귤나무를 바라본다. 도쿄를 벗어나 본 적 없는 내게는 나무에 귤이 매달려 있는 것이 무척 신기하다. 저 초록색 열매가 익어가면서 점점 노래질 텐데, 참 예쁘겠다. 지금도 벌써 반쯤 노랗게 변한 녀석이 있다. 할멈에게 물어보니 달고 물이 많은 귤이란다. 나중에 익거들랑 많이 자시라고 했겠다, 매일 조금씩 먹어줘야지. 이제 3주만 지나면 먹어도 될 성싶다. 설마 그 전에 이곳을 떠날 일은 없겠지.

굴 생각에 잠겨있는데 멧돼지가 할 이야기가 있다며 들어왔다. 오늘은 승전기념일이니 둘이 맛있는 걸 먹을까 해서 소고기를 사왔다며 옷소매에서 댓잎 꾸러미를 꺼내 방 바닥에 툭 던졌다. 허구한 날 고구마에 시달리고 두부에 찌들려 사는데다 국숫집, 경단 집까지 출입금지를 당한 터라 이게 웬 떡이냐 싶어 얼른 할멈에게 설탕과 냄비를 빌려와 소고기를 끓였다[114].

멧돼지가 소고기를 우적우적 씹으며 "너, 빨강셔츠한테 단골 기생 있는 거 알아?" 하고 물었다.

"알다마다, 일전에 끝물 송별회 때 왔던 사람 중에 하나야" 했더니 "맞아, 난 이제서야 겨우 알았는데, 너는 약빠르네" 하면서 칭찬했다.

"그 녀석, 입만 열면 품성이 어떻고 정신적인 오락

---

114 에도 시대에는 일부 지방 사람들과 무사들만 육고기를 먹었음. 서민들은 메이지 시대 이후에 육고기를 먹기 시작했음.

이 어떻고 떠들면서 뒷구멍으로는 기생이나 쫓아다니는 못돼 먹은 놈이야. 그러려면 남이 노는 걸 막지나 말던지. 네가 국숫집이랑 경단 가게에 가는 것도 학생 지도상 바람직하지 않다고 교장 시켜서 막았잖아?"

"맞아, 그 자식 사고방식으론 기생을 사는 건 정신적인 오락이고 국수나 경단은 물질적인 오락인가 봐. 그렇게나 정신적인 오락일 것 같으면 아예 대놓고 하지 그래? 쳇, 하는 짓 하곤! 자고 다니는 기생이 들어오니 꽁무니가 빠져라 달아나 놓곤 끝까지 사람을 속이려 드니 그게 맘에 안 들어. 그래 놓고 남이 뭐라 하면 자기는 모른다느니, 러시아문학이라느니, 하이쿠가 신체시의 형제뻘이라느니 하며 사람을 헷갈리게 만든다니깐. 그런 겁쟁이는 사내가 아니야. 완전히 전생에 시녀나 뭐나 그랬을 거야. 어쩌면 그 자식 아버지가 유지마 창놈[115]일지도 몰라."

---

115 원문은 かげま(에도 시대에 유지마(湯島)신사 일대에서 직업적으로 매춘을 하던 남창)임.

"유지마 창놈이 뭔데?"

"그런 거 있어, 암튼 남자 축에도 못 든다는 말이야. 어허, 거긴 아직 안 익었어. 그런 거 먹으면 촌충 생겨."

"에이 뭘, 이 정도면 괜찮아. 그런데 빨강셔츠가 사람들 몰래 온천 마을의 가도야에서 기생을 만난대."

"가도야라니, 그 여관?"

"여관 겸 요릿집이야. 그러니 그 녀석을 끽소리 못하게 만들려면 녀석이 기생을 데리고 들어가는 걸 기다렸다가 잡도리해야 돼."

"기다리다니, 밤에 잠복이라도 하는 거야?"

"응, 가도야 앞에 마스야라는 여관이 있잖아? 그 집 2층에 방을 얻어 창호지에 구멍을 뚫고 지키는 거지."

"지키고 있으면 올까?"

"오고말고. 근데 하룻밤 가지곤 안 돼. 보름쯤은 각오해야 돼."

"우와 힘들겠다. 아버지 돌아가셨을 때 일주일쯤 밤새워 간병한 적이 있는데, 나중엔 머리가 멍해지면서 완전 녹초가 되더라."

"좀 힘들면 어때. 그렇게 간사한 놈을 그냥 두면 나라를 위해서라도 도움이 안 돼. 내가 하늘을 대신해서 주리를 틀어버리겠어."

"아이구 속 시원해라. 그땐 나도 합세할게. 그럼 오늘 밤부터 잠복하는 거야?"

"아직 여관하고 이야기가 안 돼서 오늘은 못 해."

"그럼 언제 하는데?"

"곧 할 거야. 조만간 네게 알려줄 테니, 그땐 힘을 보태라."

"알았어, 언제든 합세할게. 내가 계략을 짜는 덴 약해도 싸움판에선 날쌘돌이거든."

멧돼지와 둘이서 한창 빨강셔츠를 해치울 궁리를 하고 있는데 하숙집 할멈이 건너왔다. "학생 하나가 홋타 선생님을 뵙고 싶다는디유, 댁에 갔더니 안 계셔서 여기 계시려니 하고 왔다는디유" 하고 문지방에서 무릎 꿇고 멧돼지의 대답을 기다렸다. 멧돼지가 그러냐며 현관에 나갔다 오더니 학생 하나가 승전기념식

뒤풀이를 보러 가자고 찾아 왔다고 한다. "오늘 고치(高知)에서 뭐라는 춤을 추겠다고 춤꾼들이 일부러 여기까지 넘어왔는데 쉽게 못 보는 춤이니 꼭 보라네" 하며 멧돼지가 들떠서 함께 가자고 했다. 춤이라면 나는 도쿄에서 실컷 봤다. 해마다 하치만 마쓰리[116]를 할 때 가마가 시내를 한 바퀴 빙 도니 소금 캐기 춤[117]이든 뭐든 다 안다. 도사(土佐)[118] 촌놈들의 바보 춤 따위는 보고 싶은 생각도 없지만 모처럼 멧돼지가 권하니 마음이 동해서 문을 나섰다. 멧돼지를 데리러 온 학생이 누군가 했더니 빨강셔츠의 동생이다. 묘한 녀석이 나타났다.

뒤풀이 행사장에 들어서니 에코인 절의 스모나 혼몬지 절의 법요[119] 때처럼 기다란 깃발을 군데군데 잔

116 八幡(궁시(弓矢)의 수호신으로 무사들이 숭앙하던 신)을 모시는 축제.
117 원문은 汐酌(요곡(謠曲)「松風」에서 소재를 따 1811년 초연한 가부키 무용의 한 가지)임. 바닷물로 소금을 만드는 처녀가 도읍으로 돌아간 연인을 그리며 추는 춤.
118 고치현(高知県)의 옛 지명.
119 本門寺는 도쿄 오타구(大田区)에 있는 일연종 4대 본산의 하나. 여기서의 법요는 일연종 종조(宗祖) 기일에 하는 법요를 의미함.

뜩 꽂아 놓은데다 세계 각국의 국기를 모조리 빌려온 건지 동아줄이라는 모든 동아줄, 새끼줄이라는 모든 새끼줄에 줄줄이 매달아 놓아 널따란 하늘이 더없이 풍성해 보였다. 공터 동쪽에 하룻밤 새에 뚝딱 세운 무대가 있는데, 여기에서 이른바 고치의 뭐라는 춤을 출 거란다. 무대 오른쪽으로 조금 가니 갈대 바자를 둘러쳐 놓고 꽂꽂이 작품을 진열해 놓았다. 모두 감탄하며 바라보지만 내 눈에는 영 시원찮은 것뿐이다. 이렇게 풀이나 대나무를 꼬불꼬불 구부려 놓고 기뻐할 양이면 차라리 푼수질 잘하는 샛서방이나 주책 잘 떠는 남편을[120] 자랑하고 다니는 편이 낫겠다.

무대 반대쪽에서는 연신 폭죽을 쏘아 올리고 있다. 폭죽 하나에서 풍선이 나왔다. '제국만세'라고 쓰여 있다. 천수각 소나무 위를 둥실둥실 날아 병영에 떨어졌다. 펑 소리와 함께 까만 경단 같은 것이 또 하나 쉭 하고 가을 하늘을 가르며 올라가더니 내 머리 위에서 탁 갈라져 파란 연기가 우산 살대처럼 퍼지면서 공중

---

120 원문은 背虫の色男や、跛びっこの亭主임.

에서 우수수 쏟아져 내렸다. 또 풍선이 떴다. 이번에 는 '육·해군 만세'라고 빨간 천에 하얀 글씨가 쓰여진 녀석이 바람에 흔들리며 온천 마을에서 아이오이 마 을 쪽으로 날아갔다. 관음상이 있는 사찰의 경내에라 도 떨어지겠다.

아침에 기념식을 할 때는 사람들이 별로 없었는데 이번에는 엄청난 인파다. 시골에도 이렇게나 많은 인 간이 사는지 놀라우리만큼 바글거린다. 영리하게 생 긴 얼굴은 별로 안 보이는데 머릿숫자만 따지면 정말 장난이 아니다. 그러는 사이에 소문이 자자한 고치 어 쩌고 하는 춤판이 펼쳐졌다. 춤이라기에 후지마[121]인 가 뭔가 하는 춤인 줄 알았는데 이건 전혀 딴판이다.

머리띠를 질끈 뒤로 동여매고 바짓가랑이를 바짝 졸라맨[122] 사내들이 무대 위에 열 명씩 세 열로 서 있 는데다, 그 서른 명이 하나같이 칼을 빼 들고 있는 데

---

121 藤間流: 18세기 초에 藤間官兵衛가 창시한 일본 무용의 한 유파. 가부키에 많이 등장함.
122 원문은 立っ付袴(에도 시대에 무사·행상·일꾼들이 입었던, 무릎 아래를 좁게 만들어 활동이 편리한 바지)임.

에는 정신이 하나도 없었다. 앞 열과 뒤 열의 거리는 불과 한 자 반쯤밖에 안되고 좌우 간격도 그보다 가까우면 가깝지 멀지 않다. 단 한 사람, 대열에서 벗어나 무대 한 켠에 서 있는 자가 있다. 이 외톨이 남자는 하카마는 입었어도 머리띠는 매지 않고 칼 대신 가슴에 북을 매고 있다. 북은 신사 같은 데서 공연[123] 할 때 쓰는 북과 똑같은 것이다. 이윽고 이 남자가 이야~, 하아~ 하는 태평한 소리를 지르고 묘한 노래를 부르면서 통통, 통통 하고 북을 두드렸다. 금시초문의 희한한 노래 가락이다. 정월에 집집마다 돌며 부르는 노래[124]와 예불가[125]를 짬뽕시킨 거라고 생각하면 얼추 비슷하겠다.

노랫가락이 무척 유장해서 하짓날의 물엿처럼 매

---

123 원문은 太神樂(伊勢神宮에서 열리는 神樂(왕실과 관련 있는 신사에서 제사를 올릴 때 하는 가무)에서 비롯된 사자춤, 곡예, 촌극 등의 공연)임.
124 원문은 三河万歳(정월에 돌아 다니며 새해의 복을 기원하는 아이치현 미카와(三河) 지방의 2인 공연(1명은 부채, 1명은 북을 사용))임. 국가중요민속문화재.
125 원문은 후다라쿠야(普陀洛や - 관음보살이 산다는 인도의 영산 후다라쿠를 순례할 때 부르는 예불가의 첫 소절)임.

가리 없지만 단락을 지을 때는 통통 하는 소리를 넣으니 늘어지는 것 같으면서도 박자가 살아있다. 이 박자에 맞추어 칼날 서른 개가 희번덕이는데 손놀림 또한 어찌나 빠른지 보고만 있어도 식은땀이 났다. 옆이나 뒤나 한 자 반 거리에 살아있는 사람이 있고, 그 사람 또한 시퍼런 칼날을 자기처럼 휘두르는 판이니 여간 호흡이 잘 맞지 않으면 서로 칼부림 하는 꼴 나게 생겼다. 그것도 가만히 서서 앞뒤나 위아래로 칼만 휘두르면 그나마 덜 위험하련만 서른 명이 동시에 발을 구르며 옆으로 돌아설 때가 있다. 한 바퀴 빙글 돌기도 한다. 무릎도 구부린다. 누가 일 초라도 빠르거나 늦으면 내 코가 떨어지고 옆 사람 머리통이 깎여나갈 판이다. 칼날을 어떻게 움직이더라도 그 범위는 한 자 반 이내여야 하고 앞뒤 좌우의 사람들과 같은 방향에 같은 속도로 칼날이 번뜩여야 한다. 아이구 놀래라, 이건 정말 소금 캐기나 세키노토[126] 같은 가부키[127]에 나오는 춤에 비할 게 아니다. 물어 보았더니 이것은 어려운 춤이라 어지간히 연습해서는 이렇게 호흡이 맞지 않는다고 한다. 특히 힘든 사람은 북을 두드리는[128] 통통 선생이란다. 서른 명의 걸음걸이, 손동작, 허리 굽히는 것들이 죄다 이 통통 씨의 박자 하나에 달렸다는 것이다. 옆에서 보면 이 통통 대장이 제일 태평하게 이야~ 하아~ 하고 노는 것 같은데 사실은 책임이 막중하고 고생스럽다고 하니 참 희한하다.

멧돼지와 둘이서 넋을 놓고 춤 구경을 하고 있는데 저만치 떨어진 곳에서 갑자기 와 하는 함성이 일어나더니 지금껏 이곳저곳 느긋하게 구경 다니던 사람들이 갑자기 파도치듯 좌우로 출렁대기 시작했다. "싸움 났다, 싸움 났다" 하는 소리가 들리나 싶더니 사람들

---

126 関戸: 1784년 에도에서 초연된 가부키 '積恋雪関扉'의 통칭. 간베라는 장수와 벚나무 정령의 결투 장면이 유명함.

127 에도 시대(1603~1868)에 생겨난 서민 생활상을 담은 공연. 연극, 춤, 음악 등의 요소가 망라되어 있음.

128 원문은 万歳節임. 244쪽 각주124 참조.

의 옷자락 사이를 헤집고 온 빨강셔츠의 동생이 "선생님 또 싸워요, 우리 학교 애들이 아침에 밀린 것 복수한다고 사범학교 놈들과 다시 붙었어요, 빨리 오셔요" 하고는 또다시 인파에 파묻혀 어디론가 사라졌다.

멧돼지는 "이 골치덩어리들, 또 시작이네, 작작 할 것이지⋯⋯" 하며 빠져나오는 사람들을 피해 달리기 시작했다. 지켜보고만 있을 수는 없으니 사태를 수습할 요량이었을 것이다. 물론 나도 내뺄 생각일랑 털끝만큼도 없었다. 멧돼지에 뒤질세라 현장으로 내달렸다. 싸움이 최고조에 달해있었다. 사범학교 학생도 오륙십 명이나 되지만 중학생 쪽이 스무 명쯤 더 많았다. 사범학생은 교복을 입고 있는데 중학생들은 행사가 끝난 뒤에 대부분 옷을 갈아입어서 누가 누구 편인지는 한눈에 들어왔다. 하지만 엉켜 붙었다 떨어졌다, 엎치락뒤치락하며 싸우는 통에 어디부터 어떻게 손을 써서 갈라놓아야 할지 알 수 없었다. 멧돼지는 답답하다는 식으로 잠시 그 난리통을 지켜보고 있다가 나를 보고 "가만두면 안 되겠어, 순사가 오면 복잡해지

니 들어가서 갈라놓자"고 했다. 나는 그 말이 끝나기
도 전에 싸움이 제일 치열한 곳으로 훌쩍 뛰어들었다.
"그만해! 그만! 이러면 학교 체면이 뭐가 되냐, 그만
두지 못해!"하고 있는 힘껏 소리치며 적과 아군의 경
계선쯤 되는 곳으로 뚫고 들어가려 했지만 뜻대로 되
지 않았다. 도리어 대여섯 걸음 들어갔다가 오도 가도
못하고 갇혀버렸다. 눈앞에 덩치 큰 사범학생들이 중
학생 열대여섯 명과 뒤엉켜있었다. "그만 하라면 그만
해야지!"하고 사범학생의 어깨를 잡아 떼어놓으려는
찰나, 누군가 내 다리를 낚아챘다. 허를 찔린 나는 잡
았던 어깨를 놓치고 옆으로 넘어졌다. 딱딱한 구둣발
로 내 등에 올라서는 녀석이 있었다. 두 손과 두 무릎
을 짚어 벌떡 일어섰더니 그 녀석이 굴러 떨어졌다. 일
어나서 보니 열 걸음쯤 떨어진 곳에서 멧돼지의 커다
란 몸뚱이가 학생들 사이에 끼어 "그만, 그만, 싸우면
안 돼, 안 돼"하며 떠밀리는 것이 보였다. "이봐, 도저
히 안 되겠어." 내가 불렀는데도 들리지 않는지 대답
이 없었다.

그때, 핑 하고 바람을 가르며 날아온 돌이 내 광대뼈를 때리나 싶더니 누군가 뒤에서 몽둥이로 등을 후려쳤다. "선생이 뭐 하러 와, 패, 패버려!" 하는 소리가 들렸다. "선생이 둘이야, 큰 놈하고 작은 놈, 돌 던져!" 하는 소리도 들렸다. "건방진 소리 하고 자빠졌네, 촌놈 주제에" 하며 옆에 있던 사범학생의 얼굴을 냅다 갈겼다. 돌이 또 핑 날아들었다. 이번에는 내 밤송이머리를 스치고 뒤로 날아갔다. 어떻게 되었는지 멧돼지도 보이지 않는다. 이제는 어쩔 수 없다. 싸움 말리러 끼어들었다가 욕 먹고 돌 좀 맞았다고 에그머니나 하고 물러설 얼간이가 세상 어디에 있겠나. "내가 누군지 알아? 작달막하게 생겼어도 싸움의 본고장에서 도를 닦고 돌아온 큰형님이닷" 하며 닥치는 대로 후려갈기고 얻어맞고 하고 있는데 "순사다, 순사! 도망쳐, 도망쳐!" 하는 소리가 들렸다. 여태 물엿 속에서 헤엄치는 것처럼 몸이 말을 듣지 않다가 갑자기 편해졌다 했더니 적군 아군 할 것 없이 순식간에 바닷가에 썰물 빠지듯 달아나 버렸다. 촌놈들이 철수 하나는 기막히게 잘한다. 러시아군 사령관 쿠로팟킨[129]보다 더 잘한다.

멧돼지는 어떤가 보니 저만치에서 가문이 새겨진 하오리를 너덜거리며 코피를 닦고 있다. 콧등을 얻어맞아 피를 많이 흘린 것 같았다. 코가 새빨갛고 잔뜩 부어 올라 꼴이 말이 아니다. 내 옷은 두터워서[130] 그런지 흙투성이가 되기는 했어도 멧돼지의 하오리만큼 망가지지는 않았다. 그런데 볼 언저리가 욱신거려 죽겠다. 피가 많이 난다고 멧돼지가 알려주었다.

순사 열대여섯 명이 왔는데 학생들은 모두 반대 방향으로 달아나고 붙잡힌 건 나와 멧돼지뿐이었다. 우리가 이름을 밝히고 자초지종을 설명했는데도 일단 경찰서로 따라오라고 하길래 경찰서에 가서 서장에게 사건의 전말을 이야기하고 하숙집에 돌아왔다.

---

129 Kuropakin, Aleksei Nikolaevich(1848~1925): 러일전쟁 때의 러시아 극동군사령관. 일본군과의 직접적인 전투를 회피하는 전술을 많이 사용하였음.
130 원문은 飛白の袷(규칙적인 문양이 찍힌 안감을 댄 겹옷)임.

11

귀향

다음 날, 눈을 뜨니 온몸이 욱신거렸다. 한동안 싸움을 쉬었더니 힘에 부친다. 이불에 누워 이래서야 자랑도 못하겠다는 생각을 하고 있는데 하숙집 할멈이 시코쿠신문을 들고 와서 머리맡에 놓고 갔다. 사실은 신문을 볼 상태가 아니었지만 이까짓 일로 사내가 짜부라질 수는 없으니 무리해서 배를 깔고 엎드려 비몽사몽간에 두 번째 면을 펼쳤다가 깜짝 놀랐다. 어제 싸운 일이 큼지막하게 실렸다. 싸움 건이 실린 것은 그렇다손 치더라도, "중학교 교사 홋타 아무개와 근간에 도쿄에서 부임한 건방진 아무개가 선량한 학생들을 사주하여 이번 소동을 일으켰을 뿐 아니라, 두 사람은 현장에서 학생들을 지휘하여 사범학생에게 무차별한 폭행을 퍼부었다"고 쓰고 끝자락에 이런 의견을 달아놓았다. "본 현의 중학교는 예로부터 선량하고 온순한 기풍으로 온 나라의 선망을 받고 있던 터에 경박한 두 풋내기 교사로 인해 우리 학교의 특권이 훼손당하고 이 불명예를 시 전체가 떠안게 된 이상, 우리들은 분연히 일어나 책임을 묻지 않을 수 없다. 우리는 믿는다, 우리가 나서기 전에 당국이 이 무뢰한들에게 응분의 처분을 내려 그들이 다시는 교육계에 발을 들여놓지 못하게 할 것을." 그리고 쑥으로 뜸을 뜬 건지 글자 한 자마다 검은 점을 콕콕 찍어 놓았다. 나도 모르게 이불을 박차고 벌떡 일어났다. "에잇, 똥이나 처먹어랏." 신기하게도 그렇게 쑤시던 관절의 마디마디가 언제 그랬냐는 듯 가뿐했다.

　신문을 둘둘 말아 마당에 집어 던졌는데도 분이 풀리지 않길래 다시 주워 변소에 버리고 왔다. 신문이란 게 터무니없는 거짓말을 하는 놈들이다. 세상에 누가 뺑을 제일 잘 치는가 했더니 신문만한 뺑쟁이가 없다.

내가 할 말을 전부 신문이 뇌까리고 있다. 게다가 근간에 도쿄에서 부임한 건방진 아무개가 뭐야. 세상에 아무개라는 이름을 가진 사람이 어디 있는지 한번 생각이나 해 봐라. 이래 봬도 엄연한 성이 있고 이름이 있는 몸이다. 족보를 보여 줄까? 다다노 만쥬 이래의 조상들 한 분 한 분께 순서대로 절을 시켜줄까 보다. 세수를 하니 다시 볼이 아려왔다. 할멈에게 거울을 가져오라고 했더니 오늘 신문 보았느냐고 물었다. 보고 변소에 버렸다, 필요하면 건져가라고 했더니 놀라서 물러갔다. 거울을 보니 어제 상처가 그대로 있다. 이래 봬도 귀한 얼굴이다, 얼굴에 상처까지 입어가며 건방진 아무개라는 소리를 들어서는 더 이상 못 참는다.

신문에 실린 기사 때문에 주눅들어 학교에 안 나왔더라는 소리를 들으면 일생의 수치일 것 같아 아침밥을 먹고 일착으로 출근했다. 교무실에 들어오는 사람마다 하나같이 나를 보고 웃었다. 뭐가 그리 우습단 말인가? 자기들이 빚어준 얼굴도 아닐진대. 그러는 사이에 알랑쇠가 들어와서 "이야, 큰일 하셨네. 영광의 상처로군요" 하고 송별회 때 얻어맞은 걸 복수라도 하려는지 재수 없이 이죽거리기에 쓸데없는 소리 집어치우고 붓이나 쪽쪽 빨고 있으라고 쏘아주었다. 그러자 "어이쿠 죄송합니당. 그래도 좀 아프실 텐데" 했다. "아프건 말건 내 얼굴이야. 네놈이 참견할 일이 아니거든" 하고 호통을 쳤더니 맞은편의 자기 자리로 돌아갔다. 그러고 나서도 계속 내 얼굴을 보며 옆자리의 역사 선생과 속닥거리며 웃었다.

이어서 멧돼지가 등장했다. 멧돼지의 코는 더 볼만했다. 자줏빛으로 부어올라 후벼 파면 안에서 고름이 나올 것 같았다. 내게만 그렇게 보이는지 나보다 훨씬 호되게 당했다. 우리 책상은 사이 좋은 이웃처럼 나란히 붙어 있는데 하필 그 위치가 교무실 출입문의 정면이다 보니 운도 지지리 없다. 웃기는 얼굴이 두 개, 나란히 붙어 있다. 다른 작자들은 심심하기만 하면 꼭 우리를 쳐다본다. 입으로는 황당한 일을 당했다고 하면서도 속으로는 분명 '아이구 병신들' 하고 있을 것이다. 그러지 않고서는 저렇게 쑥덕거리고 킥킥댈 리가 없다. 교실에 들어가니 학생들은 박수로 맞아주었다. "선생님 만세!"를 외치는 녀석도 두엇 있었다. 잘 나가고 있는 건지 놀아나고 있는 건지 헷갈렸다.

멧돼지와 내가 이렇게 화제의 초점이 되어있는 동안에도 빨강셔츠만큼은 평소와 다름없이 찾아와 '참 터무니없는 일을 당했다, 나도 자네들 일에 마음 아프다, 신문 기사는 교장과 상의해서 정정 기사를 싣도록 절차를 밟고 있으니 걱정하지 마라, 동생이 홋타 선생을 찾아가는 바람에 이런 일이 생겨서 면목없다, 그래서 신문 건에 최선을 다할 테니 언짢게 생각 마라' 등등 왠지 사과하는 듯한 말을 늘어놓았다. 교장은 3교시째에 교장실에서 나오더니 다소 우려하듯 말했다. "신문이 난감한 기사를 썼군요. 복잡해지지 말아야 할 텐데." 나는 우려 같은 거 안 한다. 저쪽에서 파면시키려 들면 파면 당하기 전에 사표 내버리면 그만이다. 하지만 내 잘못이 없는데 먼저 물러서면 뺑쟁이 신문사가 갈수록 기고만장할 테니 신문사에 정정 기사를 싣게 하고 나는 오기로라도 남아 있는 게 순리라고 생각했다. 퇴근 길에 신문사에 들러 담판을 지을까 했지만 학교에서 취소 절차를 밟고 있다고 하길래 관두었다.

우리 둘은 교장과 교감이 시간 날 때를 기다렸다가 거짓 없이 상황을 설명했다. 교장과 교감은 '그렇겠다, 신문사가 우리 학교에 유감이 있어 일부러 그런 기사를 실었을 것이다'고 말했다. 빨강셔츠는 교직원 한 사람 한 사람에게 우리가 한 일을 해명하고 다녔다. 특히 자기 동생이 멧돼지를 불러낸 일을 마치 자기 잘못인 양 떠벌리고 다녔다. 모두가 이구동성으로 '전적으로 신문사가 나쁘다, 못됐다, 둘은 정말 애꿎은 일을 당했다'고 했다.

퇴근 길에 멧돼지가 "이봐, 빨강셔츠가 수상해. 조심하지 않으면 당해" 하고 말했다. 내가 "원래 수상했어, 오늘 갑자기 수상해진 게 아냐" 했더니 "너 아직도 모르겠어? 어제 우리를 불러내 싸움판에 말려들게 꾸민 거잖아. 그게 다 작전이었어" 하고 알려주었다. 아뿔싸, 그 생각까지는 못했다. 우악스러운 멧돼지가 나보다 지혜가 있는 사람인 줄 이제 알았다.

"그렇게 싸움판에 끌어들여 놓고 뒤에서 신문사에 손을 써 그 기사를 내보낸 거야. 정말 교활한 자식이야."

"신문까지도 빨강셔츠야? 이런, 이런. 하지만 빨강셔츠가 하는 말을 신문사에서 그렇게 쉽게 들을까?"

"안 들으면! 신문사에 친구가 있으면 일도 아냐."

"친구가 있어?"

"없어도 일도 아냐. 거짓말을 해놓고 사실 이러저러 하다고 말을 보태면 그냥 쓰는 거야."

"너무하네. 정말 빨강셔츠가 꾸민 거라면 우리 이번에 잘릴 수도 있겠다."

"잘못하면 당하겠어."

"그럼 난 내일 사표 내고 도쿄에 갈 거야. 이렇게 야비한 곳에는 있어 달라고 빌어도 못 있어."

"네가 사표 내 봤자 빨강셔츠한테는 나쁠 게 없어."

"정말 그렇네. 어떻게 해야 나빠지지?"

"그런 교활한 놈이 하는 짓은, 증거가 안 남게 계속 연구에 연구를 해대니까 추궁하기 쉽지 않아."

"이것 참. 이러다 뒤집어쓰겠네. 장난 아니네. 하늘은 도대체 누구 편이람.[131]"

"뭐, 며칠 상황을 지켜보자고. 그러다 때가 오면 온천 근처에서 덮칠 수밖에 없겠어."

"싸워서 생긴 일이니 싸워서 해결하자고?"

"그래, 우리는 우리 식으로 상대의 급소를 찌르는 거지."

"그것도 좋겠다. 나는 꾀를 내는 데는 약하니까 전부 알아서 해 줘. 때가 되면 뭐든 할 테니까."

이 대화를 끝으로 우리는 헤어졌다. 멧돼지의 짐작대로 빨강셔츠가 저지른 짓이라면 진짜 나쁜 놈이다. 도저히 머리로 싸워서 이길 수 있는 놈이 아니다. 완력이 아니고서는 안 된다. 오호라, 이래서 세상에 전쟁이 그치지 않는 거로구나. 개인 간에도 종국에는 완력이로구나.

다음 날, 신문 오기를 눈 빠지게 기다려 펼쳐 보았

---

131 원문은 天道是耶非耶(하늘이 옳은가 그른가)임. 사마천의 '사기'에 나오는 말.

더니 정정은 고사하고 취소한다는 말 한마디 없었다. 학교에 가서 너구리에게 재촉하니 내일쯤 실릴 거라고 했다. 그 내일이 되니 6호짜리 활자로 조그맣게 취소한다고 실렸다. 하지만 신문사가 기사를 정정한 것은 아니었다. 교장에게 또 따졌더니 더 이상 손쓸 방법이 없다고 했다. 교장이라는 자가 너구리 같은 얼굴을 하고 쓸데없이 베짱이코트만 빼 입었지 의외로 무기력한 존재다. 허위 기사를 실은 시골 신문에게서 사과 하나 받아내지 못하다니. 너무 화가 나서 그럼 내가 가서 주필과 담판 짓겠다고 했더니 '그러지 마라, 가서 따지면 또 악담만 실린다. 요컨대 신문에 실린 건 거짓말이든 사실이든 어떻게 해볼 도리가 없다, 포기하는 방법밖에 없다'고 중이 설교하듯 훈계만 늘어놓았다. 신문이 이런 거라면 하루빨리 두들겨 부숴버리는 게 우리에게 득이다. 신문에 실리는 것과 자라에 물리는 것이 어슷비슷한 줄을 오늘, 지금, 막 너구리의 설명을 듣고 처음 알아 모셨다.

그런지 사흘가량 지난 어느 날 오후, 멧돼지가 씩

씩거리며 찾아와 "드디어 때가 왔어. 이제 그 계획을 단행할 작정이야"라고 하기에 "그러냐, 그럼 나도 하겠다"고 즉각 도원결의에 가담했다. 그런데 멧돼지가 나는 끼어들지 않는 게 좋겠다며 고개를 가로저었다. 왜냐고 물으니 교장이 사표를 제출하라고 하더냐고 되물었다. 내가 그런 적 없다고 했더니 멧돼지가 오늘 교장실에서 "대단히 유감이지만 어쩔 수 없는 상황이니 마음의 준비를 하시오"라고 통보 받았다고 했다. "이런 경우가 어딨어. 너구리가 달밤에 배를 너무 두드려 장이 뒤집혔나? 너랑 나랑은 함께 전승기념회에 가서 말이지, 함께 고치의 번쩍번쩍 춤을 보고 말이지, 함께 싸움 말리러 들어갔잖아. 사표를 쓰게 하려면 공평하게 양쪽 다 쓰라고 해야 하는 거 아니야? 왜 이렇게 이놈의 촌구석 학교는 상식이 안 통하는 거야아. 에이, 열불 나!"

"이게 전부 빨강셔츠가 사주한 거야. 지금까지 하는 걸로 봐서 나는 도저히 저랑 같이 갈 수 없는 사람이지만 너는 가만히 놔두어도 해가 안 될 걸로 판단한 거지.”

“나도 빨강셔츠랑 같이 못 가! 뭐? 해가 안 돼? 못 돼 먹기는.”

“너는 너무 단순해서 남겨놓아도 둘러칠 수 있을 걸로 본 거야.”

“더 못됐네. 누가 같이 가준대?”

“게다가 지난 번에 고가 선생이 가고 나서 사고 때문에 아직 후임이 안 왔잖아. 그런 판에 너랑 나랑 동시에 쫓아내면 학생들 수업 시간을 못 채우거든.”

“뭐야, 그럼 나를 땜빵으로 써먹으려는 거야? 이런 나쁜 새끼, 누가 그 손에 놀아날 줄 알고?”

다음 날, 출근해서 교장실에 들어가 따졌다.

“왜 나보고 사표 내라고 안 해요?”

“뭐?”

너구리 눈이 휘둥그래졌다.

“홋타에게는 내라고 하고 나한테는 내지 말라고 하는 법이 어디 있어요.”

“그건 학교 형편상…….”

"그 형편이 잘못됐네요. 내가 안 내도 되면 홋타도 낼 필요 없잖아요."

"그 부분은 쉽게 설명 안 되는데……홋타 선생은 떠나셔도 도리가 없지만, 선생은 사표를 내셔야 할 필요를 인정할 수 없으니 말이지요."

역시나 너구리다. 앞뒤가 맞지 않는 말을 늘어놓으면서도 철저히 차분하다. 달리 방법이 없어서 이렇게 말했다.

"그럼 저도 사표 쓰겠습니다. 홋타 선생 혼자 퇴직시키고 저만 속 편하게 남아 있을 거라고 판단하셨는지 몰라도, 저는 그렇게 몰인정한 짓은 못합니다."

"그건 안 돼요. 홋타도 가고 당신도 가면 학교는 수학 수업을 아예 못하게 되니……."

"못하게 돼도 내가 알 바 아니지요."

"이봐, 그렇게 자기 생각만 하는 거 아니야. 조금은 학교 사정도 헤아려 줘야지 않은가. 더구나, 와서 한 달도 안돼 사표를 냈다고 하면 자네 이력에도 영향이 가니 그런 점도 조금은 생각해야지."

"이력이 별건가요, 이력보다 의리가 중요해요."

"그야 그렇지⋯⋯자네 하는 말이 구구절절 옳네만 내가 하는 말도 조금은 살펴주게. 자네가 정히 그만 두겠다면 그만 두어도 좋지만 대신 후임이 올 때까지는 좀 더 해주게. 어쨌거나 집에 가서 다시 잘 생각해 보게."

잘 생각하고 말 것도 없이 이유야 명명백백하지만 너구리가 파랗게 질렸다 벌겋게 달궈졌다 하는 게 불쌍해서 일단은 다시 생각하기로 하고 나왔다. 빨강셔츠에게는 말도 붙이지 않았다. 어차피 혼내줄 거면 몰아서 한 방에 된통 혼내주는 게 낫다.

너구리와 담판 지은 상황을 멧돼지에게 이야기했더니 대강 그렇게 나올 줄 알았다고 했다. 사표 건은 때가 오기 전까지는 이대로 놔두어도 문제 없을 것 같다고 하기에 멧돼지 말대로 하기로 했다. 멧돼지가 나보다 영리한 것 같아서 모든 일을 멧돼지의 충고대로 하기로 했다.

결국 멧돼지는 사표를 내고 직원 일동에게 작별 인

사를 하고 부둣가의 항구집 여관에 짐을 옮겼다. 그래 놓고 남몰래 다시 돌아와 온천 마을의 여관집 마스야 2층에 숨어 장지문에 구멍을 내고 밖을 살폈다. 그것을 아는 사람은 나뿐이다. 빨강셔츠가 사람 눈을 피해 나타나려면 어차피 어두워져야 한다. 그것도 초저녁에는 학생이나 다른 사람의 눈이 있으니 일러도 아홉 시는 지나야 할 것이다. 처음 이틀 밤은 나도 열한 시쯤까지 망을 보았는데 빨강셔츠의 그림자도 얼씬거리지 않았다. 사흘째에는 아홉 시부터 열 시 반까지 지켜보았지만 역시 허탕이었다. 허탕을 치고 밤중에 하숙집으로 돌아올 때는 맥이 빠졌다. 사오 일 지나자 하숙집 할멈이 슬슬 걱정되는지 "마님이 계신데 밤놀이는 그만 하셔유" 하고 충고했다. 이 밤놀이는 그 밤놀이가 아니다. 이것은 하늘을 대신하여 천벌을 내리는 밤놀이다. 그렇기는 해도 일주일이나 다녔는데 효험을 못 보면 흥미가 떨어지는 법이다. 나는 성미가 급해서 무슨 일에 한번 불붙으면 날밤이라도 새지만 반면에 무엇 하나 진득하게 해 본 적이 없다. 아무리 정의의 사도라도 질리기는 마찬가지다. 엿새째에는 슬슬 실증이 났고, 이레째에는 그만두고 싶었다. 하지만 멧돼지는 눈 하나 까딱 안 했다. 초저녁부터 열두 시 넘어까지 장지 구멍에 눈을 대고 가도야의 둥근 가스등 아래를 꼼짝 않고 노려보았다. 내가 가면 오늘은 손님이 몇이었고 숙박은 몇 명, 여자는 몇 명 등 가지가지 통계를 내놓는데 놀라웠다. "아무래도 올 것 같지 않네" 했더니 "그러게, 분명히 올 텐데……" 하고 팔짱을 끼었다 풀었다 하며 한숨을 쉬었다. 안타깝게도, 지금 빨강셔츠가 한 번 와주지 않으면 멧돼지가 천벌을 내릴 기회는 영원히 사라진다.

여드레째에는 일곱 시쯤에 하숙집을 나와 설렁설렁 목욕탕에 들렀다가 동네에서 계란 여덟 개를 샀다. 이 계란은 하숙집 할멈의 고구마 세례에 대비한 자구책이다. 양쪽 소매에 계란 네 개씩을 집어넣고, 들고 다니는 빨간 수건을 어깨에 걸치고, 두 손은 소맷부리에 찔러 넣고 여관집 계단을 올라가 멧돼지가 있는 방문을 열었더니 "이봐, 걸려든 것 같아!" 하며 위태천

같은 얼굴에 갑자기 화색이 돌았다. 어제 저녁까지만 해도 코가 빠져있어서 옆에서 보고 있는 나까지 힘이 빠졌는데 이런 얼굴을 보니 이유를 묻기도 전에 나도 모르게 '신난다, 신난다' 소리가 절로 나왔다.

"아까 일곱 시 반쯤에 그 스즈라는 기생이 가도야로 들어갔어."

"빨강셔츠랑 함께?"

"아니."

"그럼 안 되잖아."

"기생 둘이 들어갔는데 왠지 느낌이 좋아."

"왜?"

"왜는, 원체 약은 놈이라 기생을 먼저 들여 보내놓고 나중에 슬그머니 따라 들어갈지도 몰라."

"그럴 수도 있겠네. 아홉 시쯤 됐지?"

"지금 아홉 시 십이 분이야" 하고 허리춤에서 니켈 시계를 꺼내 보며 말했다.

"어이, 램프 꺼. 창문에 까까머리 두 개가 비치면 이상할 거야. 여우 같은 놈이라 의심이 많거든."

내가 칠함 위에 놓인 서양램프를 훅 불어서 껐다. 별빛이 비쳐 창호지가 하얗게 드러났다. 달은 아직 뜨지 않았다. 우리 둘은 창호지에 얼굴을 바짝 붙이고 숨을 죽였다. 뎅 하고 기둥시계가 아홉 시 반을 알렸다.

"이봐, 정말 올까? 오늘 안 오면 난 이제 싫어."

"나는 돈이 떨어질 때까지 할 거야."

"돈이 얼마나 있는데?"

"오늘까지 8일치 5엔 60전 냈어. 아무 때나 나갈 수 있게 하루치씩 계산해."

"그게 편하지. 여관 주인이 놀라겠다."

"주인은 괜찮은데 계속 보고 있어야 하니 힘들어."

"대신 낮잠 자잖아?"

"낮잠은 자도 밖에 다니질 못하니 답답해 죽겠어."

"천벌 내리기도 힘드네. 이래 놓고 천망회회라서 쏙 새 나가 버리면[132] 망하는 거야."

"아냐, 오늘 밤엔 꼭 올 거야. …… 어이, 이거 봐!

---

132 天網恢恢 疏而不漏(하늘 그물은 넓고 넓어 성기지만 놓치는 것이 없다)를 비튼 말.

이거 봐!"하며 소리를 낮추기에 나도 모르게 가슴이 철렁 내려앉았다. 검은 모자를 쓴 남자가 가도야의 가스등 불을 올려보며 어둠 속을 지나갔다. 아니다. 맥이 빠졌다. 그러는 사이에 계산대 쪽의 시계가 사정없이 열 시를 알렸다. 오늘도 틀린 것 같다.

거리가 많이 조용해졌다. 유곽에서 울리는 북 소리가 손에 잡힐 듯 들려온다. 달이 온천장 유노야마 뒤편에서 얼굴을 쑥 내밀었다. 길이 훤하다. 그러다 아래쪽에서 사람 목소리가 들려왔다. 창밖으로 고개를 내밀지 못하니 잘 볼 수는 없지만 점점 가까워지고 있다. 달가닥달가닥 하고 게타 끄는 소리가 들렸다. 눈을 비스듬히 대고 보니 사람 그림자 두 개가 어렴풋이 보일 만큼 가까워졌다.

"이제 됐어요. 걸림돌을 쫓아냈으니."

알랑쇠 목소리다.

"큰소리만 쳤지 꾀가 없으니 별수 있나."

이것은 빨강셔츠다.

"그 놈도 꼭 등신 같아요. 그 등신이 의협심 넘치는

철부지다 보니 애교는 있어요."

"월급 오르는 게 싫어서 사표 내겠다니, 아무리 봐도 제정신이 아니야."

나는 창문을 열고 2층에서 뛰어내려 실컷 패주고 싶었지만 간신히 참았다.

두 사람이 하하하 웃으며 가스등 아래를 지나 가도야로 들어갔다.

"옳지."

"옳지."

"왔다."

"드디어 왔군."

"휴, 이제 됐다."

"노다 이 새끼, 나더러 의협심 넘치는 철부지라고 했겠다."

"나는 걸림돌이래, 이런 괘씸한."

우리가 둘을 덮치려면 돌아가는 길목을 노려야 한다. 그런데 두 사람이 언제 나올지 판단이 서지 않았다. 멧돼지가 아래 층에 내려가서 오늘은 한밤중에 일이 생겨 나가야 될지 모르니 문을 잠그지 말라고 당부해 놓고 올라왔다. 이제 생각해 보면 여관 주인이 용케 우리가 하는 말을 들어주었다. 대개는 도둑놈으로 오해 받을 판이다.

빨강셔츠가 나타나기를 기다리는 것도 힘들었지만 여관에서 나오기를 마냥 기다리기는 더 힘들었다. 잠을 잘 수는 없는 노릇이고, 하염없이 창문 틈을 들여다보기도 힘들고, 안절부절 못하면서 그토록 좀이 쑤셨던 기억은 두 번 다시 없었다. 차라리 가도야에 쳐들어가 현장을 덮치자는 의견을 냈건만 멧돼지에게 일언지하에 묵살당했다. "우리가 지금 쳐들어가봤자 행패 부린다고 도중에서 가로막힐 거야. 사정을 설명하고 만나게 해달라고 하면 엉뚱한 곳으로 데리고 가거나 그 인간들을 빼돌리겠지. 몰래 들어간다고 해도 수십 칸이나 되는 방 가운데서 찾아낼 방법이 없어. 그러니 지겹더라도 나올 때까지 기다릴 수밖에 없겠어" 하기에 결국 꼼짝없이 날이 샐 때까지 기다렸다.

새벽 다섯 시, 가도야에서 나오는 그림자 둘을 보자

마자 우리는 뒤를 밟았다. 첫 기차가 오려면 아직 멀었으니 둘 다 시내까지 걸어갈 수밖에 없다. 온천 마을을 벗어나면 삼나무 가로수 길이 백 미터쯤 이어지고 그 양쪽은 논이다. 그곳을 지나면 여기저기 초가지붕이 서 있고, 밭 가운데를 가로질러 시내로 이어지는 둑길이 나온다. 마을만 벗어나면 어디에서 따라잡아도 상관없지만 가급적 인가가 없는 삼나무 길에서 덮치려고 숨바꼭질 하듯 뒤따라갔다. 마을을 벗어나자마자 한달음에 뛰어가 따라잡았다. 인기척에 놀라 뒤돌아보는 녀석의 어깨에 "나 좀 볼까" 하며 손을 올렸다. 알랑쇠가 기겁을 하며 달아나려 하기에 내가 앞질러 길을 막아 섰다. 멧돼지는 교감에게 따져 물었다.

"교감 직분을 가진 사람이 왜 여관에서 자고 나오는 거지?"

"교감은 여관에서 자면 안 된다는 규칙이라도 있나요?"

빨강셔츠는 동요하지 않고 점잖은 말로 응수했다. 얼굴이 창백했다.

"학생을 지도하는 교사 신분으로 국숫집이나 경단 집에 들어가지 말라던 근면 정직한 분이 어째서 기생 과 여관방에서 자는 거냐?"

알랑쇠가 틈을 노려 도망치려 하기에 내가 앞을 막 고 다그쳤다.

"등신 같은 철부지라고 했겠다."

"아니요, 선생에게 한 말이 아닙니다. 절대 아니에 요."

알랑쇠가 낯두껍게 변명을 늘어놓았다. 그러고 보 니 내가 두 손으로 옷소매를 쥐고 있었다. 뒤쫓아올 때 소매 속의 계란이 덜렁거려 움켜쥐고 달려왔던 것 이다. 소매에 손을 넣어 계란 두 개를 꺼내 알랑쇠 얼 굴에 던졌다. "에잇!" 계란이 파삭 깨지면서 알랑쇠의 코 끝에서 노른자가 줄줄 흘러내렸다. 얼마나 놀랐는 지 알랑쇠가 "으악!" 하고 덜퍼덕 주저앉으며 살려달 라고 빌었다. 그 계란은 먹으려고 샀지 이렇게 사람에 게 던지려고 산 게 아니었다. 단지 화가 난 나머지 나 도 모르게 집어 던진 것이다. 하지만 알랑쇠가 엉덩방아를 찧는 걸 보니 효과가 만점이었다. 그래서 이 새끼 저 새끼 해가며 나머지 여섯 개를 사정없이 집어던졌다. 알랑쇠 얼굴이 계란 범벅이 되었다.

내가 계란을 던지는 동안에도 멧돼지와 빨강셔츠는 여전히 입씨름 중이었다.

"내가 기생을 데리고 여관에서 잤다는 증거가 있나요?"

"초저녁에 너의 단골 기생이 가도야에 들어간 것을 보고 하는 말이다. 어딜 속이려 들어!"

"속일 필요 없다. 나는 요시카와 선생과 둘이 잤다. 초저녁에 기생이 들어왔건 말건 나는 모르는 일이다."

"입 닥쳐!" 하며 멧돼지가 주먹을 날렸다.

빨강셔츠가 비틀거리며 말했다.

"이건 폭력이야, 행패고. 시비도 가리지 않고 완력을 휘두르는 건 무법이야."

"무법 좋아하네" 하며 또 퍽 때렸다.

"너 같이 간교한 놈은 맞아야 말이 제대로 나오지." 하며 퍽 퍽 때렸다.

나도 알랑쇠를 실컷 두들겨 팼다. 나중에는 움직일 수 없는 건지 아니면 하늘이 빙빙 도는 건지 둘 다 삼나무 밑동에 주저앉아 달아나려고도 하지 않았다.

"이제 됐냐? 모자라면 더 때려줄까?" 하며 둘이서 퍽퍽 때렸더니 빨강셔츠가 "이제 됐다"고 말했다.

알랑쇠에게 "너도 됐냐?" 하고 물었더니 "나도 됐다"고 했다.

"너희가 간교한 놈들이라 하늘이 천벌을 내린 줄 알아라. 오늘을 계기로 앞으로 올바르게 살아라. 말로 아무리 교묘하게 꾸며대도 정의는 용서치 않을 것이다" 하고 멧돼지가 말했다. 두 사람 모두 말이 없었다. 말할 기운이 없어서 그랬는지도 모른다.

"나는 도망가지도 않고 숨지도 않을 것이다. 오늘 밤 다섯 시까지는 부둣가의 항구집에 있겠다. 용무가 있거든 순사든 누구든 보내라" 하고 멧돼지가 말하기에 나도 따라서 말했다.

"나도 도망치지도 숨지도 않겠다. 홋타와 같은 곳에서 기다릴 테니 경찰에 신고하려거든 맘대로 해봐라."

우리는 총총걸음으로 그곳을 떠났다.

하숙집에 돌아오니 일곱 시 조금 전이었다. 방에 들어가 짐을 꾸리고 있는데 할멈이 놀라서 "뭔 일이 유?" 하고 물었다. "할멈, 도쿄에 가서 아내를 데리고 올게요" 하고 집세를 내고 기차로 항구집에 도착하니 멧돼지는 2층에서 자고 있었다. 당장 사표를 쓰고 싶은데 뭐라고 써야 할지 몰라서 교장 앞으로 우편을 보냈다.

개인 사정으로 사직하고 도쿄에 돌아가니 그리 아시기 바랍니다. 이상.

증기선은 저녁 6시에 출항한다. 우리 둘이 피곤해서 쿨쿨 자고 눈을 뜨니 오후 2시였다. 여관집 여자에게 순사가 오지 않았느냐고 물었더니 오지 않았다고 했다. "둘 다 신고 안 했군." 우리는 한바탕 크게 웃었다.

그날 저녁, 우리는 부정한 땅을 떠났다. 배가 뭍에

서 멀어지면 멀어질수록 가슴이 후련했다. 고베에서
직행열차를 타고 도쿄 신바시에 도착하자 비로소 인
간 세상에 온 듯한 기분이 들었다. 멧돼지와는 그때
헤어진 뒤로 오늘까지 만날 기회가 없다.

기요 이야기를 깜빡했다. 내가 도쿄에 도착해서 하
숙집에도 가지 않고 가방을 들고 "기요, 나 왔어" 하
고 뛰어들어 갔더니 "아이고, 도련님, 일찍 오셨네요"
하며 눈물을 뚝뚝 떨구었다. 나도 너무 기뻐서 "이제
시골에는 안 가. 기요랑 도쿄에 집을 장만할 거야"라
고 말했다.

나는 나중에 누가 주선해 주어 도쿄철도[133]에 기술
자로 들어갔다. 월급은 25엔이고 집세는 6엔이었다.
기요는 현관이 있는 집은 아니라도 매우 만족해 했는
데 안타깝게 지난 2월에 폐렴에 걸려 죽었다. 죽기 전
날 나를 불러 말했다. "도련님, 기요가 죽거든 꼭 도
련님네 절에 묻어주세요. 무덤 속에서 도련님 오시기

133 원문은 街鉄(東京市街鉄道株式会社의 약칭, 현재의 東京都電車의
전신)임.

를 기쁘게 기다릴게요." 그래서 기요 무덤은 고히나
타의 요겐지 절에 있다.

나쓰메 소세키 연보

1867년 (0세)
도쿄 신주쿠(당시의 江戸 牛込馬場下 横町)에서 아버지 나쓰메 고헤 나오카쓰와 어머니 나쓰메 지에 사이에 5남 3녀의 막내로 태어남.

1868년 (1세)
어려운 집안 형편 때문에 시오바라(塩原) 집안에 양자로 입양됨.

1870년 (3세)
천연두에 걸려 얼굴에 흔적이 남음.

1874년 (7세)
도쿄 아사쿠사의 도다(戸田)소학교에 입학.

1876년 (9세)
양아버지의 집안 사정 변화로 이치가야(市谷)소학교로 전학.

1878년 (11세)
친구들과 만든 잡지에 '마사시게론(正成論)'을 발표.
4월에 이치가야 소학교 졸업.
10월에 긴카(錦華)소학교(지금의 오차노미즈소학교) 소학 보통과2급 후기 졸업.

1879년 (12세)
도쿄 제1중학교(히비야 고교의 전신)에 입학.

1881년 (14세)
도쿄 제1중학교 자퇴.
한학을 가르치는 니쇼학사(지금의 二松學舍대학)로 전학.

1883년 (16세)
니쇼학사 중퇴.
상급학교 진학을 목적으로 하는 학생에게 영어를 주로 가르치는 스루가다이(駿河台)의 세이리쓰(成立)학사에 입학.

1884년 (17세)
대학예비문(大学予備門 -지금의 도쿄대학의 전신 가운데 하나(법·이·문학부 수업을 위한 외국어 교육 과정)로 1886년에 제일고등학교로 바뀜)에 입학.
1886년에 복막염으로 낙제를 경험한 이후 졸업까지 수석으로 공부.

1888년 (21세)
나쓰메(夏目) 성으로 호적을 되돌림.
제일고등중학교 예과 졸업.
영문학을 전공하기 위해 본과 입학.

1889년 (22세)
마사오카 시키(正岡 子規 -단가 및 하이쿠 시인, 일본어학 연구가)와 교류 시작.

마사오카 시키의 한시 문집에 비평 글을 올리며 '소세키'
라는 필명 사용.

1890년 (23세)
도쿄제국대학 문과대 영문과에 입학.

1891년(23세)
대학 장학생이 됨. 교수 딕슨이 의뢰한 『호조키(方丈記)』를
영역.

1892년 (25세)
친가에서 분가하여 홋카이도로 이적(징병 기피 때문이라
는 설이 있음). 도쿄전문학교(지금의 와세다대학교)의 강
사로 부임.

1893년 (26세)
도쿄제국대학 졸업, 대학원에 입학.
동경고등사범학교에서 영어 교사로 근무.

1894년 (27세)
폐결핵 초기라는 진단을 받음. 신경쇠약 증세 악화.

1895년 (28세)
시코쿠 에히메현 마쓰야마(松山)중학교 교사로 부임.
마사오카 시키와 같은 집에 하숙하며 많은 하이쿠를 지음.

1896년 (29세)
구마모토현의 제5고등학교 강사로 부임, 7월에 교수가 됨.
귀족원 서기관장 나카네 시게카즈(中根重一)의 장녀 교코
(鏡子)와 결혼.

1898년(31세)
구마모토 일대의 하이쿠 모임인 紫溟吟社를 주재.
아내 교코가 하천에 뛰어들어 자살 기도.

1900년 (33세)
영국 런던에 2년간 국비유학을 떠남.
도중에 파리만국박람회 방문.

1902년 (34세)
유학 생활 중 신경쇠약 앓음.

1903년 (36세)
귀국하여 제일고등학교와 도쿄제국대학 문과대학에서 문
학론 강의.
수채화 공부 시작.
아내와 별거.

1904년 (37세)
메이지대학 강사 겸임.

1905년 (38세)
하이쿠 잡지 『호토토기스(두견새)』에 『나는 고양이로소이

다』연재.

소설「런던탑」,『칼라일 박물관』,「환영의 방패」등 발표.

1906년 (39세)

소설『도련님(坊っちゃん)』,『풀베게(草枕)』등 연재.

제자와 문학자 등이 모이는 토론회 '목요회' 시작.

1907년 (40세)

아사히 신문사에 소설 전속 작가로 입사, 문학 작가의 길을 걷기 시작함.

소설『우미인초(虞美人草)』등을 아사히신문에 연재.

'소세키 산방(山房)'으로 이사.

1908년 (41세)

소설『갱부(坑夫)』,『몽십야(夢十夜)』,『산시로(三四郎)』등을 연재.

1909년 (42세)

『문학평론』출간,『그 후』연재, 기행문『만한(滿韓) 이곳 저곳』을 연재. '아사히 문예란'을 만들어 주재.

1910년 (43세)

위궤양으로 입원.

이즈반도에 있는 슈젠지(修善寺)온천에서 요양.

각혈 등으로 일시적으로 위독.

1911년 (44세)
문부성에서 제의한 문학박사 학위를 고사.
위궤양으로 오사카에 입원.

1912년 (45세)
소설『피안이 지날 때까지(彼岸過迄)』,『행인(行人)』연재.

1913년 (46세)
신경쇠약 재발.
위궤양 악화로 투병 생활.
소설 연재 중단.

1914년 (47세)
소설『마음(こゝろ)』연재.

1915년 (48세)
소설가 기쿠치 칸, 아쿠타가와 류노스케가 목요회에 동참.
류마치스 발병.

1916년 12월 9일 (49세)
아사히신문에『명암(明暗)』연재 중 위궤양으로 사망.

1984~2004년
20년 동안 발행된 1000엔 지폐에 초상이 실림.

도련님

초판 1쇄 발행일 2019년 9월 30일

지은이 나쓰메 소세키
옮긴이 경찬수
삽화 이동현
펴낸이 박영희
편집 박은지
디자인 최민형, 최소영
마케팅 김유미
인쇄·제본 AP프린팅
펴낸곳 도서출판 어문학사
　　　　서울특별시 도봉구 해등로 357 나너울카운티 1층
　　　　대표전화: 02-998-0094 / 편집부1: 02-998-2267, 편집부2: 02-998-2269
　　　　홈페이지: www.amhbook.com
　　　　트위터: @with_amhbook
　　　　페이스북: www.facebook.com/amhbook
　　　　블로그: 네이버 http://blog.naver.com/amhbook
　　　　　　　　 다음 http://blog.daum.net/amhbook
　　　　e-mail: am@amhbook.com
　　　　등록: 2004년 7월 26일 제2009-2호

ISBN 978-89-6184-934-0 03830
정가 13,000원

이 도서의 국립중앙도서관 출판예정도서목록(CIP)은 e-CIP홈페이지(http://www.nl.go.kr/ecip)와
국가자료공동목록시스템(http://www.nl.go.kr/kolisnet)에서 이용하실 수 있습니다.
(CIP제어번호: CIP2019034757)